Rodney Bennett
Adlerjunge

Der Autor: Rodney Bennett wurde 1939 in Devon, England, geboren und wuchs in der Nähe von Dartmoor auf. Er studierte in Cambridge Naturwissenschaften und danach in London Psychologie. Inzwischen arbeitet er seit vielen Jahren als Produzent und Drehbuchautor für das Fernsehen. Im Verlag Freies Geistesleben sind seine Bücher *Kreuze im Nebel, Die Abrechnung und Gefährliche Gewässer* erschienen.

Das Buch: Mitten im mittelalterlichen Europa herrschen Hunger und Not, Gier und Aberglaube – aber auch die Sehnsucht nach Selbstbestimmung und einer besseren Gesellschaft.
Die Bewohner eines kleinen böhmischen Dorfes leiden unter dem despotischen Burgherrn und – nach einer schlechten Ernte – auch an Hunger. Für die große Not wird der verkrüppelte Stephan verantwortlich gemacht und deshalb verfolgt.
Drei Helfer begleiten den jungen Stephan auf der Flucht vor den Dorfbewohnern: der gewissenhafte Müller Petr, der weise Eremit Bartholomäus und – ein Adler.

«Eine märchenhaft-fantastische Geschichte, fesselnd und bewegend zugleich. Ein ausgezeichnet geschriebenes Jugendbuch.»

Schweizer Bibliotheksdienst

«Wer keine Angst davor hat, bei der Lektüre eines Buches weinen zu müssen, wer äußerste Spannung ertragen kann, der oder die sind die richtigen LeserInnen für dieses märchenhafte Buch.»

Leanders Leseliste

Rodney Bennett

Adlerjunge

Aus dem Englischen
von Bettine Braun

Verlag Freies Geistesleben

Neuausgabe

Verlag Freies Geistesleben
Landhausstraße 82, 70190 Stuttgart
Internet: www.geistesleben.com

ISBN 3-7725-2023-5

Die englische Originalausgabe erschien
unter dem Titel *Eagle Boy*
bei André Deutsch Children's Books
(Scholastic Publications Ltd.)

Fotomontage: Thomas Neuerer
(Junge: © The Imagebank/White.Packert;
Adler: © Wildlife/G.Delpho, Gebirge: © Blickwinkel/M. Kneisel)
Druck: Clausen & Bosse, Leck

Erster Teil: Ausgesetzt in den Bergen

Kapitel 1

«Ich sage euch, an allem ist nur der Sohn des Holzfällers schuld.»

«Ihr meint, seinetwegen ist alles so gekommen?»

«Nicht nur das – er hat uns verhext.»

«Verhext?»

«Was sagt Petr dazu?»

«Sag schon, Petr!»

«Lasst Petr sprechen!»

Diese Rufe galten einem stämmigen Mann mittleren Alters, der auf einem rohen Schemel saß. Hinter ihm stand seine Frau; sie war ruhig und scheu und sah ängstlich auf ihren Mann, der zögernd seinen grauen Bart strich. Sein sorgenvoller Blick glitt über die vielen Gesichter, die von den flackernden Kienspänen ringsum beschienen wurden – bleiche und geisterhafte Gesichter in diesem vom Qualm des offenen Feuers und vom Geruch so vieler dicht gedrängter Menschen erfüllten kleinen Raum.

In dem Dorf Bletz wohnten wenig mehr als zweihundert Menschen in geduckten, strohgedeckten Häusern aus Holz und Lehm. Viele davon waren nur ärmliche Hütten, die ihre Bewohner kaum vor dem rauen Winter zu schützen vermochten. Petrs Haus war größer als das der meisten, aber wie die anderen bestand es nur aus dem Raum, in dem die Menschen wohnten, einem Stall für die Tiere im Winter und einem Vorratsspeicher darüber. Keines der Häuser hatte Fenster, und zum Heizen und Kochen gab es nichts als ein offenes Feuer inmitten des Wohnraums und eine Öffnung im Dach darüber, durch die der Rauch hinausziehen konnte.

Nur in der Burg von Bletz, einer abweisenden steinernen Festung, die auf einem hoch aufragenden Felsen jenseits des Flusses thronte, wohnte jemand, der Fenster hatte, allerdings ohne Glas, und offene Kamine mit Rauchfängen.

Durch die Gucklöcher in den Befestigungsmauern konnte man ungehindert über eine weite Ebene mit Feldern, Weiden und vielen Morgen wilder Kiefernwälder schauen. An klaren Tagen sah man hinter den Wäldern im Dunst die fernen Berge. Nur selten fand ein Fremder den Weg nach Bletz, und jeder Ankömmling erregte großes Aufsehen. An diesem kalten Novemberabend aber hätte ein Reisender zu Fuß oder zu Pferd völlig unbemerkt ins Dorf kommen können, denn in dieser Stunde hatten die Leute von Bletz nur Augen für Petr.

Er war der Müller von Bletz und der Dorfvorsteher. Die anderen hatten ihm dieses Amt übertragen, weil sie seine Weisheit und seine sicheren und klugen Entscheidungen achteten. Sie konnten darauf vertrauen, dass er jeden Streit mit aufrichtigen und gerechten Worten beilegte; er hatte sich im Laufe vieler Jahre als Vorkämpfer ihrer angestammten Rechte bewährt und sich hartnäckig gewehrt gegen alle Versuche ihres Lehnsherrn Graf Boleslav, seine Macht und seinen Reichtum noch zu vermehren. Nun aber hofften sie mehr als je zuvor auf Petrs Führung. In diesem Sommer war die Ernte schlecht gewesen, und sie hatten in den letzten beiden Monaten nur kümmerlich zu essen gehabt. Gerüchte gingen um; alle fürchteten den Hungertod. Petr selbst hatte sie zusammengerufen, damit sie ihre Ängste äußern konnten, und nun hatte die Aussprache eine gefährliche Wendung genommen.

Wenn er diese vielen angstvollen, hungrigen Gestalten in ihren zerlumpten Kleidern vor sich sah, war es Petr nur zu deutlich, dass sie darauf aus waren, einen Sündenbock als Ursache für ihre Not zu finden.

«Die Anklage wiegt schwer, die du gegen das Kind des Holzfällers erhebst, Hans», begann er langsam mit seiner tiefen Stimme. Er sprach zu einem breitschultrigen Mann mit zottigem schwarzem Haar und langem schwarzem Bart, der am Rande der Gruppe stand und die Arme vor seiner breiten Brust verschränkt hielt. Er war der Schmied, ein bärenstarker Mann mit heftigem Temperament, der bei den Worten des Dorfvorstehers laut schnaubte.

«Aber ist sie denn wahr?», fuhr Petr fort und ließ den Blick prüfend über die Reihen der Menschen gleiten, die auf dem festgetretenen Erdboden kauerten. «Ist sie wahr, diese Anklage?», fragte er noch einmal und sah hinauf zu den hohlwangigen Kindern und ihren jungen Müttern, die im leeren Heuboden saßen. Unter ihnen hörte man zwei unruhige Schweine in ihrem engen Stall grunzen. «Denkt doch einmal nach, meine Freunde, was die wirkliche Ursache unserer Not ist! Wir wissen alle, dass die Ernte so schlecht war, weil es nicht geregnet hat. Wir alle haben gesehen, wie die Flüsse und Bäche austrockneten und die Erde zu Staub wurde. Wir alle haben gesehen, wie unser Getreide verdorrte und verdarb. Und unsere Not wurde noch vermehrt, weil Graf Boleslav die gleichen Pachtgelder verlangte wie in all den Jahren und den Zehnten wie sonst auch, wenn die Ernte gut war. Ihr wisst, dass ich oft bei unserem Herrn war und ihn anflehte, unsere Abgaben zu verringern und uns einen Teil der Ernte zurückzugeben. Doch er weigert sich. Meine Freunde, hier ist kein Teufel am Werk außer …» Seine Stimme wurde so leise, dass nur die nah bei ihm Stehenden ihn hören konnten. «… außer vielleicht dem Herrn von Bletz selbst.»

«Petr, Ihr macht schöne Worte wie immer», rief der Schmied

aufgebracht. «Doch Ihr sprecht von Dingen, die erst nachher geschehen sind. Ich sage, dass wir keinen Regen hatten, weil das Kind des Holzfällers uns verflucht hat. Es ist ein böser Geist, eine Ausgeburt des Teufels!»

Schreckenslaute wurden ringsum hörbar. Die Männer nickten einander voller Ingrimm zu, die Mütter drückten ihre Säuglinge fester an die Brust. Die Kinder droben auf dem Heuboden schauten mit angstvollen Augen herab. Keiner der Leute aus dem Dorf konnte lesen oder schreiben, nicht einmal Petr, und ihren schlichten Sinn beherrschte nur der nie endende Kampf ums Überleben; und so fielen die Worte des Schmieds tief in ihr abergläubisches Gemüt. Von allen Seiten hörte man zustimmende Bemerkungen.

«Er ist nicht wie andere Kinder.»

«Ihr müßt ihn euch nur ansehen, wie er mit dem hässlichen Klumpfuß herumhinkt.»

«Er spielt nie mit den anderen Kindern – aber er soll sich auch hüten, in die Nähe meiner Kinder zu kommen.»

«Seine Mutter war schon viel zu alt für ein Kind, als er auf die Welt kam.»

«Während sie mit ihm schwanger ging, kreiste immer ein großer Vogel über ihrem Kopf, bis sie das Kind geboren hatte. Das hat sie selbst gesagt.»

«Der Teufel hat sie heimgesucht.»

Mit einem Mal füllte sich der Raum mit dem Murmeln von Gebeten aus vielen Mündern. Petr, der die Behauptungen der Leute mit wachsender Sorge vernommen hatte, wusste, dass er rasch handeln musste.

«Freunde», rief er und erhob die Hände, um Ruhe zu schaffen, «meine Freunde, dieses Kind ist tatsächlich seltsam. Wir alle wissen das. Doch glaubt mir, deshalb ist es nicht mehr des Teufels als irgendeiner von uns. Viele von euch kennen seine

Eltern ihr Leben lang. Ihr wisst, es sind ehrliche, gottesfürchtige Leute, die jeden Sonntag zur Messe gehen ...»

«Aber das Kind geht nie mit», unterbrach ihn eine scharfe Stimme.

«Das ist wahr. Den Jungen habe ich noch nie in der Kirche gesehen.»

«Warum geht das Kind nicht zur Messe?»

«Nun gut, ich werde es euch sagen. Ich habe oft mit seinem Vater darüber gesprochen. Er sagt, das Kind gehe nicht in die Kirche, weil es Angst habe, die Leute könnten es auslachen.»

Das Kichern der Kinder wurde von den Frauen augenblicklich zum Schweigen gebracht.

«Das ist kein Grund, dass das Kind nicht zur Messe geht», sagte ein Pockennarbiger, der neben dem Schmied stand. «Mein Sohn Jiri schielt auf einem Auge, aber er geht jeden Sonntag.»

«Nur weil du ihn mit Gewalt hinschleppst, Vislav», lachte ein Bauer, der ganz hinten hockte. Die Spannung im Raum löste sich für einen Augenblick, weil alle sich über den Spaß freuten, alle außer dem ärgerlichen Vater, der die anderen mit zornrotem Gesicht ansah.

«Lachen tut gut, Freunde», sagte Petr. «Aber über Stephan haben wir vielleicht schon zu viel gelacht.» Er sah mit strenger Miene hinauf zum Heuboden.

«Ihr Kinder wisst, was ich meine. Er läuft vor euch und vor uns allen davon, weil er Angst hat. Wir haben genug Unglück. Lasst es uns nicht noch vermehren, indem wir uns über dieses arme Kind lustig machen.»

«Nichts als schöne Worte», rief Hans und zeigte drohend mit dem Finger auf Petr.

«Wir reden nicht von einem gewöhnlichen Kind. Wir reden von einem Kind, das nicht sprechen kann – nur grunzen wie ein Tier. Ein Kind mit Zauberkräften.»

Zustimmendes Raunen ging durch die Versammlung.

«Wissen wir, ob er überhaupt Zehen hat an diesem verkrüppelten Fuß? Oder ist es ein gespaltener Huf? Ich sag euch, es ist ein Kind des Teufels, und solange es in Bletz ist, wird es uns schlecht gehen.»

Und schon brachen sie los. Alle schrien, sprangen auf, drohten mit den Fäusten, forderten das Blut des Kindes. Petr schüttelte ungläubig den Kopf über den Wahnsinn, der selbst die ehrenhaftesten Dorfbewohner befallen zu haben schien. Hans aber grinste triumphierend über den Aufruhr, den er ausgelöst hatte.

«Nun, Petr, was sollen wir tun?», fragte der Schmied, als sich der Lärm endlich gelegt hatte.

«Los, Petr, sag schon, was wir tun sollen», fiel sein pockennarbiger Nachbar ein.

Und dann hörte man nur noch das Scharren der Tiere im Stall, denn alle warteten auf die Antwort ihres Dorfvorstehers. Petr glaubte, der Kopf müsse ihm zerspringen. Er wusste, dass er die Menge durch sein Schweigen unruhig machte und dass er bald etwas sagen musste, wenn er sich nicht noch mehr ihrem Spott aussetzen wollte. Er gab sich alle Mühe, fest zu wirken, als er sagte: «Ich werde mit dem Priester darüber sprechen.»

«Mit dem Priester!» Hans brach in ein verächtliches Lachen aus. «Was kann der schon tun? Der denkt doch nur an seinen Bauch.»

Daraufhin brüllten alle vor Lachen. Jeder wusste, dass Pater Vilem nur zu gern aß und trank. Und tatsächlich saß er gerade mit Graf Boleslav in der großen Halle der Burg, an einem Hammelknochen nagend und schwitzend von der Hitze des Kaminfeuers und der beträchtlichen Menge Weines, die er getrunken hatte.

«Ich werde den Priester bitten, zu dem Kind zu gehen», fuhr Petr tapfer fort. «Ich werde dafür sorgen, dass er für Stephan betet …»

«Beten?», bellte Hans. «Was soll das nützen? Nein, Petr, wir haben genug geredet. Wenn Ihr uns nicht helfen wollt, dann werden wir die Sache selbst in die Hand nehmen!»

Er wandte sich an die anderen. «Wir gehen heute Nacht zur Hütte des Holzfällers, wir schaffen uns das Kind vom Hals, ein für alle Mal.»

Man hörte von allen Seiten lautstarke Zustimmung, die Leute sprangen auf und stürmten zur Tür.

Auch Petr sprang auf.

«Wartet», schrie er und versuchte, sich Gehör zu verschaffen. «Wartet doch!» Die ihm zunächst standen, zögerten.

«Wenn ihr den Rat nicht befolgen wollt, den ich euch gerade gab, so hört mir jetzt zu», rief Petr und erreichte damit, dass noch ein paar Leute stehen blieben. «Die Gerechtigkeit liegt nicht in euren Händen. Wenn ihr sie an euch reißt, werdet ihr bestraft.»

Bei diesen Worten hörte das Gedränge an der Tür endlich auf. «Habt ihr daran gedacht, was geschieht, wenn Graf Boleslav das erfährt? Ich bitte euch, gebt ihm keinen Anlass, seine Krieger in unser Dorf zu schicken!»

Diese schreckliche Warnung ließ viele Herzen vor Angst erzittern, und ein verlegenes, dumpfes Schweigen senkte sich auf die Schar. «Wenn ihr immer noch entschlossen seid, etwas zu unternehmen, dann tut es nicht gegen das Gesetz. Geht zum Herrn von Bletz, lasst ihn entscheiden, was getan werden soll. Wählt eine kleine Gruppe aus, die morgen früh zur Burg hinaufgeht. Hans, du hast das Kind angeklagt, du sollst sie auch anführen. Ich will damit nichts zu tun haben. Such dir selbst die Leute aus, die du mitnehmen willst. Und jetzt geht nach Hause.»

Die Wahl des Schmieds als Führer der Abordnung fand allgemeine Zustimmung, und wenige Augenblicke später schlurfte die Schar wie eine Schafherde zur Tür. Wütend darüber, dass er überlistet worden war, funkelte der Schmied Petr an und bahnte sich dann gewaltsam einen Weg durch die Letzten, die zur Tür hinausdrängten. Als Petr und seine Frau endlich allein waren, sank der Müller erschöpft auf seinen Schemel.

«Narren», murmelte er und ließ seine Blicke durch den leeren Raum schweifen.

«Sie sind hungrig wie wir», sagte seine Frau tonlos.

«Das ist doch kein Grund, ein unschuldiges Kind zu töten.»

«Ist er denn wirklich unschuldig?»

Petr sah seine Frau erschrocken an.

«Du auch?»

Sie hob die Schultern, schlurfte zum Feuer und bedeckte es mit Torfklumpen, so wie es abends jeder tat, damit kein Brand ausbrach, wenn alles schlief. Sie hörte, wie ihr Mann aufstand, aber erst als die Tür zufiel, wurde ihr klar, was er vorhatte. Halbherzig rief sie ihm nach und seufzte. Sie hatte schon vor langem gelernt, dass sie Petr nicht aufhalten konnte, wenn er einmal zu etwas entschlossen war.

Kapitel 2

Kalt schlug die Nachtluft Petr ins Gesicht. Der Mond war von einem bleichen Hof umgeben, doch die Sterne leuchteten hell. Er warf einen Blick zur Burg hinauf, die dunkel drohend über ihm aufragte, und ging dann mit raschen Schritten in die entgegengesetzte Richtung die menschenleere Dorfstraße hinab.

Während er so durch die Nacht schritt, überdachte er noch einmal den Plan, der ihm gegen Ende der Versammlung in den Sinn gekommen war. Es war ein verzweifelter Plan, und er schüttelte den Kopf beim Gedanken daran. Doch wenn es ihm gelang, den Holzfäller dafür zu gewinnen, hätte das Kind wenigstens eine geringe Hoffnung zu überleben.

Als er bei einer riesigen knorrigen Eiche angekommen war, die die Grenze des Dorfes markierte, verließ Petr die Straße und folgte einem Weg, der sich zwischen umgepflügten Feldern hinzog. Im Schein des Mondlichtes lagen die langen Schatten der Erdfurchen in trügerischer Ruhe da. Wer hätte bei ihrem Anblick geahnt, dass sie der Schauplatz zermürbender Arbeit waren. Seit Generationen hatten sich die Bauern auf diesen Feldern für die aufeinander folgenden Herren von Bletz abgerackert. Petr fragte sich, wie schon so oft, warum ein Einzelner über so viele andere herrschen dürfe, warum er reich sein und in einer Burg wohnen könne, während alle Übrigen arm und hungrig waren. Wie immer fand er keine Antwort auf diese Fragen und musste zu dem Schluss kommen, dass es schon immer so gewesen war und immer so bleiben sollte – die Kriegsknechte des Herrn von Bletz würden schon dafür sorgen.

Er hatte die Äcker hinter sich gelassen und überquerte nun freies Weideland, das im Raureif glitzerte. In der Ferne sah man schwere Nebelschwaden über dem Fluss liegen – über jenem Fluss, der im Sommer nicht mehr als ein erbärmliches Rinnsal gewesen war.

Als der hohe, dunkle Umriss des Waldes sichtbar wurde, beschleunigte Petr seine Schritte. Trotz seiner Jahre und des langen Weges, den er schon zurückgelegt hatte, begann er nun, schneller in Richtung der hoch aufragenden Eichen zu laufen. Dahinter war die Behausung von Josef, dem Holzfäller. Sie war eine der Hütten am Waldrand, in denen die Waldarbeiter des Grafen Boleslav lebten.

Petr kannte Josef schon zeit seines Lebens. Sie waren als Knaben zusammen aufgewachsen; Petr war von beiden immer der stämmigere gewesen, während Josef in seiner Jugend wie ein schlankes Bäumchen war, als erwachsener Mann aber eine riesenhafte Gestalt von über einem Meter achtzig. Petr war dabei gewesen, als Josef mit Marta, einem Mädchen aus dem Dorf, getraut wurde. Er hatte all die Jahre der Enttäuschung miterlebt, in denen es schien, als sei Marta unfruchtbar – wie seine eigene Frau. Und ebenso hatte er ihre Freude geteilt, als sie schließlich doch schwanger wurde. Er hatte mit ihnen gelitten, als ihr Sohn, Stephan, als Krüppel geboren wurde und als man später merkte, dass er nicht sprechen konnte. Beim Gedanken an Stephans Absonderlichkeit runzelte er die Stirn.

Als er bei den Eichen ankam, wankte sein Entschluss plötzlich. Er lehnte sich gegen die raue Rinde eines der Bäume, um Atem zu holen. Seine Zunge glitt über seine eisigen Lippen, und er sah zu der Hütte hin, die Josefs Vater gebaut hatte.

Täuschte er sich? Konnte es sein, dass Stephan ein Kind des Bösen war? Nur er war für den Knaben eingetreten. Seine eigene Frau hatte den anderen zugestimmt. Er hatte nicht erwartet, dass Josef und Marta zu der Versammlung kommen würden, denn der nächtliche Weg ins Dorf war lang. Doch gab es etwa einen anderen, unheilvollen Grund für ihre Abwesenheit? Wussten sie etwas über ihren Sohn, das geheim gehalten werden musste? Und dennoch war es undenkbar, dass ein Kind von Josef und Marta ein Geschöpf des Teufels sein sollte. Die Wut, die bei dieser ungeheuerlichen Vorstellung in ihm aufstieg, trieb ihn zum Weitergehen an. Die letzten Meter lief er und klopfte dann an die Tür. Es dauerte eine Weile, bis sich drinnen etwas rührte. Dann hörte er ein schlurfendes Geräusch und eine schroffe, misstrauische Stimme hinter der Tür, die fragte: «Wer ist da?»

«Ich bin es, Petr.»

Der hölzerne Riegel wurde zurückgeschoben, und dann sah Petr eine große, grauhaarige Gestalt, die gebückt in die niedrige Tür trat. Der Mann trug ein langes Hemd und hielt eine riesige Axt in der Hand.

«Petr», rief der Holzfäller und ließ die Axt sinken. «Was führt dich mitten in der Nacht zu mir?»

«Ich muss mit dir sprechen, alter Freund», flüsterte Petr. Das Drängende in seinem Ton veranlasste Josef, ihm rasch den Weg in die Hütte freizugeben.

«Was ist denn los?», fragte eine schläfrige Frauenstimme.

«Es ist nur Petr», brummte Josef. Er zog einen glühenden Kienspan unter den Torfbrocken hervor, die auf dem Feuer lagen, und hielt ihn an das Talglicht. Als der Binsendocht im Hammeltalg Feuer fing, sah man eine Frau, die sich auf einem Strohsack aufgerichtet hatte. Als sie den Besucher erkannte, hüllte sich Marta verschämt in eine raue Decke und verließ ihr Lager.

«Wir haben schon geschlafen», begann Josef und fuhr sich mit seiner großen Hand durch das wirre Haar. Doch als er

Petrs Gesicht sah, hielt er erschrocken inne. «Was ist denn?», fragte er.

«Es ist wegen Stephan.»

«Stephan?»

Petr erzählte den beiden in wenigen Worten von dem Aufruhr, den es bei der Versammlung gegeben hatte. «Sie sind so vom Hunger gequält, dass sie solche Dinge behaupten. Ich versuchte ihnen klarzumachen, dass sie sich verrannt hätten, aber sie hörten nicht auf mich. Einige von ihnen wollen morgen zur Burg gehen. Sie wollen sagen, dass Stephan ein Kind des Teufels sei und dass sie seinen Tod verlangen.»

Josef und Marta starrten Petr in sprachlosem Entsetzen an. Dann hörten sie etwas, das wie das Winseln eines Hundes klang; es kam aus einer dunklen Ecke, in der ein Kind saß und sich die Augen rieb.

Das war Stephan – das Ziel von soviel Angst und Hass. Er war ein schmächtiges, zartes Kind, dem man nicht ansah, dass es schon acht Jahre alt war. Im flackernden Schein des Talglichts hatte er mit seinem schmalen Gesicht – das jetzt durch seine Schlaftrunkenheit noch blasser aussah als sonst – und mit seinem goldenen Haarschopf etwas rührend Unschuldiges. Mit verwirrten Augen, die in dem matten Licht wie zwei kleine dunkle Punkte aussahen, blickte er zu den drei Erwachsenen auf. Wie er so in seinem weiten Hemd dasaß, die Beine unter der Decke verborgen, deutete nichts darauf hin, dass er ein Krüppel war.

Marta stieß einen herzzerreißenden Schrei aus und warf sich neben ihrem Sohn auf den Boden. «Sie werden dir nichts tun», schluchzte sie und umklammerte ihn mit beiden Armen. «Ich werde dafür sorgen, dass sie dir nichts zuleide tun.»

«Grr... grr...», brachte das Kind hervor und sah angstvoll von einem Gesicht zum anderen.

«Wir haben keinen Augenblick zu verlieren», flüsterte Petr Josef zu. «Du musst ihn sofort verstecken.»

Der Holzfäller, der nie viele Worte machte, nickte langsam. «Wir gehen alle in den Wald», sagte er.

«Nein, das ist unmöglich. Wenn ihr alle zusammen geht, werden sie herausfinden, dass ihr euch versteckt habt, und die Krieger werden nach euch suchen.»

«Aber was dann?» Petr zögerte. Jetzt, wo der Augenblick gekommen war, ihnen seinen Plan zu erklären, zitterte sein Herz ob des Kummers, den er seinen Freunden bereiten musste. «Hört mir genau zu», sagte er und atmete schwer. «Es gibt nur eine Möglichkeit, die Bewaffneten daran zu hindern, dass sie nach Stephan suchen. Ihr müsst sagen, dass er vom Teufel geholt worden sei.»

«Du meinst, wir sollen ihnen Recht geben?», schrie Marta auf. «Nie, niemals!»

«Sei still, Frau», sagte der Mann und versuchte zu begreifen, was der Dorfvorsteher ihnen gerade erklärt hatte. Besorgt wandte er sich an seinen alten Freund. «Du willst doch damit nicht sagen, dass wir Stephan allein irgendwo verstecken sollen?»

«Glaubt mir, ich sage das nicht leichten Herzens. Es ist die einzige Möglichkeit.»

«Du meinst, er soll allein im Wald leben?»

«Nein. Nicht im Wald.»

«Wo denn sonst?»

Petr sah zu Boden und brachte kein Wort mehr hervor.

«Wo, wo denn?»

«In den Bergen», sagte Petr mit leiser, heiserer Stimme.

Einen Augenblick lang starrte der Holzfäller ihn völlig ungläubig an. Doch dann merkte er, dass Petr es ernst meinte und begann vor Wut zu zittern. «In den Bergen!», tobte er. «Das wird dem Jungen das Leben kosten.»

«Nicht unbedingt.» Petr sprach jetzt wieder mit klarer Stimme und hielt seinen Blick fest auf Josef gerichtet. «Stephan ist jung. Es gibt Höhlen in den Bergen. Du kannst ihm heimlich zu essen bringen, und niemand wird darauf kommen, dort nach ihm zu suchen.»

Er hielt inne und wartete auf eine Antwort des Holzfällers. Doch der arme Mann konnte nur den Kopf schütteln. Verzweifelt wandte sich Petr an Marta.

«Vielleicht ist es nur für eine Nacht», sagte er.

«Wer weiß, was der Graf morgen sagen wird. Doch wenn es für längere Zeit sein muss, wird eine gute Ernte nächstes Jahr alles wieder in Ordnung bringen. Die Leute werden die ganze Sache vergessen haben, und ihr könnt Stephan nach Hause holen. Ich flehe euch an. Wir haben nur wenig Zeit. Wir müssen ihn in Sicherheit bringen.»

Martas verweintes Gesicht sah in qualvoller Unentschiedenheit zu Petr auf. Dann sagte sie mit einer Stimme, die kaum mehr als ein Flüstern war: «Ich werde ihn ankleiden».

Doch da schrie der Holzfäller auf, packte seine Axt, rannte zur Tür und riss sie weit auf.

«Wagt euch nur her», brüllte er in die Nacht. «Ich werde euch alle umbringen, wenn ihr versucht, euch an meinem Sohn zu vergreifen!»

Petr trat hinter ihn und legte eine Hand auf seine Schulter.

«Spar dir deine Kraft für den Weg», sagte er ernst. Da war Josefs Wut verraucht. Die Axt fiel neben ihm nieder, und er ließ die Schultern sinken.

«Zieht euch an», sagte Petr mit sanftem Nachdruck. «Und wickelt euch fest ein, es wird sehr kalt sein in den Bergen.»

Der Holzfäller nickte schweigend. Mit einer langsamen, ergebenen Bewegung schloss er die Tür, lehnte die Axt gegen die Wand und ging in die Kammer, um seine Kleider zu holen.

Marta hatte Stephan schon fast fertig angezogen; jetzt kniete sie vor ihm und war dabei, die Füße des Kindes mit Stroh und Sackleinwand zu umwickeln. Petr zuckte zusammen, als er den hässlichen Klumpfuß entdeckte und zusehen musste, wie ungeschickt Martas Hände vor Aufregung waren und wie sie die Verwirrung des Jungen und ihre eigene Erregung dadurch noch schlimmer machte.

«Das ist gut», sagte der Dorfälteste, um sie zu ermutigen.

«Er wird alle warmen Sachen brauchen, die ihr auftreiben könnt.»

In der kleinen Kammer entstand nun ein hastiges Hin und Her. Marta rannte herum und suchte nach zusätzlichen Stücken Sackleinwand und nach Schaffellen, die sie Stephan um die Schultern wickeln konnte. Jetzt sah man auch zum ersten Mal, wie sehr Stephan behindert war. Immer noch schlaftrunken und verwirrt von den merkwürdigen Ereignissen, hinkte er unbeholfen hinter seiner Mutter her. Doch er konnte den schweren Klumpfuß seines dick umwickelten rechten Beins nur mühsam über den Boden schleifen und begann ängstlich wimmernde Laute auszustoßen. Er versuchte sich an Martas Hemd festzuklammern, als sie an ihm vorbeieilte, und warf sie dabei fast zu Boden. «Geh mir aus dem Weg», schrie sie, «siehst du nicht, dass ich zu tun habe?»

Das Kind brach in Tränen aus und verzog sich hinkend in die dunkle Ecke der Kammer, in der es vor kurzem noch friedlich geschlafen hatte. In seiner Verwirrung und Angst weinte es, bis sein Vater, dick in Schaffelle gehüllt, es mit beiden Armen hochhob.

Der Anblick des in der Kammer herumhumpelnden und jetzt in den Armen seines Vaters weinenden Kindes erfüllte Petr mit Bestürzung. Er konnte sich nicht vorstellen, wie der Junge den Weg in die Berge zurücklegen sollte.

«Ich werde ihn tragen», sagte der Holzfäller, der ahnte, was Petr durch den Kopf ging.

«Es ist ein weiter Weg.»

«Ich werde es schon schaffen.»

Marta hatte eilig ein Bündel mit Vorräten zurechtgemacht und sagte tapfer: «Hier sind Brot, Äpfel, Käse, Nüsse – genug für eine Woche.» Sobald sie Josef das Bündel über die Schulter gehängt hatte, wandte sie sich ab, um ihre Tränen zu verbergen.

Die beiden alten Freunde sahen einander mit eiserner Entschlossenheit an.

«Geht jetzt», sagte Petr und drückte Vater und Sohn mit einer kurzen, rauen Bewegung an sich.

Josef nickte und wandte sich Marta zu. Einen Augenblick lang sahen sie, wie sich ihre eigene Angst in den Augen des anderen spiegelte. Es gab so viel zu sagen, aber keine Zeit, es auszusprechen, und keine Worte, die ihre Gefühle ausdrücken konnten.

Marta trat rasch auf Stephan zu, legte ihm noch einen Schal um die Schultern und küsste ihn leicht auf die Wange.

«Gott sei uns gnädig», flüsterte sie.

«Amen», antworteten die beiden Männer.

«Gib Acht, Mann», sagte sie und gab ihm einen zittrigen Kuss. Josef rang sich ein Lächeln ab und wandte sich zur Tür, die Petr für ihn geöffnet hielt.

«Du darfst keine Zeit verlieren», sagte der Dorfvorsteher. «Vergiss nicht, dass du bei der Arbeit sein musst, wenn die Krieger kommen.» Mit einem flüchtigen Gruß schritt der Holzfäller in die Nacht hinaus und eilte davon mit dem Kind, das in seinen Armen eingeschlafen war.

Petr sah ihnen nach, bis sie in der Dunkelheit des Waldes verschwanden. Er hörte, wie Marta in der Kammer hinter ihm schluchzte; und nun begannen doch Zweifel an seinem Plan in ihm aufzusteigen.

Stephans Reise in die Verbannung hatte begonnen.

Kapitel 3

Nasskalter Nebel lag über dem Burghof, als zwei mürrische Kriegsknechte aus dem Pförtnerhaus traten und zum Haupttor gingen. Sie schlugen ihre Lederhandschuhe zusammen, um warm zu werden; und dieses scharfe Knallen hallte von den hohen, steinernen Wänden wider wie das Aufklatschen der Flügel eines großen Wasservogels auf die Oberfläche des Flusses. In gemeinsamer Anstrengung öffneten die beiden die mächtigen, mit Eisennägeln beschlagenen Torflügel. Draußen wartete schon die Abordnung, die aus vier in Schaffelle und Sackleinen gekleideten Bauern bestand.

«Wir sind hier, um mit dem Herrn von Bletz zu sprechen», sagte Hans großspurig und trat einen Schritt vor.

Der jüngere der beiden Wachposten lachte. «Zu dieser Stunde!»

«Was wollt ihr denn von ihm?», brummte der andere.

«Das ist eine persönliche Sache, sie ist nur für die Ohren unseres Herrn bestimmt.»

«Es ist eilig», sagte Vislav, der pockennarbige Bauer, der seinen schielenden Sohn Jiri verteidigt hatte. «Der Herr wird es uns hoch anrechnen, dass wir eigens hergekommen sind», schniefte ein dritter Bauer. Es war Lobvic, der Zimmermann von Bletz – ein hoch aufgeschossener, bartloser Mann, der für seine religiöse Leidenschaft bekannt war.

«Hier kommt keiner rein, der nicht gesagt hat, was er will.»

«Wir haben es euch schon gesagt …», begann Vislav.

«So lautet der Befehl», brauste der Krieger auf.

«Der Herr wird verärgert sein, wenn er erfährt, dass wir ihm

Neuigkeiten über den Teufelsspuk bringen wollten», erwiderte Hans scharf und machte auf dem Absatz kehrt, als wolle er gehen.

«Wartet!» Hans machte den anderen ein Zeichen und ging gemächlich auf die Wachen zu.

«Hexerei?», fragte der ältere Wächter argwöhnisch. Sein Gefährte rieb sich die Kinnstoppeln mit dem Rücken des Handschuhs.

Der Schmied nickte.

Der Wächter zögerte und sagte: «Also dann kommt eben rein.»

Mit breitem Grinsen führte Hans die Abordnung in den Burghof.

«Wartet hier», befahl der ältere Wächter. Mit einer Kopfbewegung schickte er den jüngeren zum Tor zurück, während er selbst zum Wachhaus marschierte.

Die Abordnung beglückwünschte Hans für seinen geschickten Umgang mit den Kriegsleuten. Nur der jüngste der Bauern, Matthias, konnte seine Beunruhigung nicht ganz verbergen.

«Glaubst du wirklich, dass der Herr erfreut sein wird?», fragte er schüchtern.

«Natürlich», schnaubte Vislav.

«Wir sind gestern Abend so übereingekommen», knurrte Hans, «und jetzt gibt es kein Zurück mehr.»

In diesem Augenblick fuhr ein hölzerner Wagen, beladen mit Fässern und Säcken voll Gemüse, durch das Tor. Er wurde von einem schwerfälligen Ochsen gezogen, der vor Anstrengung schnaubte, nachdem er die schwere Last den steilen Berg zur Burg hinaufgezogen hatte. Dicht an den vier Männern fuhr der Wagen vorbei, die beiseite sprangen, um dem Schlamm auszuweichen, der von den Rädern spritzte.

«Du darfst nie vergessen, Matthias», sagte Hans mit einem Stirnrunzeln, «nur darum geht es: Essen.»

«Das ganze Dorf steht hinter uns», fügte Vislav hinzu und sah angewidert an seinen mit Dreck bespritzten Wickelstrümpfen hinunter, die am Morgen noch frisch gewesen waren.

Matthias wurde über und über rot und senkte den Kopf.

Fast eine Stunde standen sie dort herum und warteten auf Nachricht, ob Graf Boleslav sie empfangen würde. Von Zeit zu Zeit kamen aus dem Wachhaus Kriegsleute, die kegelförmige Helme und Kettenhemden über ihren Lederwamsen trugen, um ihre Posten einzunehmen und ihren Pflichten nachzugehen. Einmal wurde eine Schar von gesattelten Pferden von jungen Reitknechten aus den Ställen zu einer Gruppe wartender Reiter gebracht. Sie stiegen auf, überquerten mit klappernden Hufen das Kopfsteinpflaster, lachend und den Bewaffneten an den Toren etwas zurufend.

Dann ertönte über all dem Lärm und Getriebe der Klang des Signalhornes, der ankündigte, dass der Herr von Bletz sich erhoben habe.

«Vergesst nicht, euch hinzuknien», erinnerte Hans die anderen.

«Und sprecht laut und deutlich», fügte Vislav in seiner Rolle als zweiter Kommandant hinzu.

«Christus ist auf unserer Seite», sagte Vislav mit überlegenem Lächeln.

«Und wenn der Graf nicht auf unserer Seite ist, was dann?», fragte Matthias.

«Du bist schlimmer als ein ängstliches altes Weib», knurrte der Schmied. Er begann zu bedauern, dass er Matthias mitgenommen hatte. Auf ihn war seine Wahl gefallen, weil er bei den anderen Dorfbewohnern beliebt war wegen seiner schönen Stimme, mit der er das gemeinsame Singen auf den Feldern anleitete.

«Was wollt ihr, Bauern?»

Diese strenge Frage kam so unerwartet, dass sie vor Schreck alle vier zugleich herumfuhren. Vor ihnen stand ein großer, kräftiger Krieger, dessen Erscheinung und Benehmen anzeigten, dass er Autorität besaß. Über seiner Rüstung trug er einen langen grüngelben Umhang; sein Schwert hatte er gezogen. Hinter ihm standen zwei mit Piken Bewaffnete und der Wächter, mit dem sie am Tor zu tun gehabt hatten.

«Wir sind hier, um mit dem Herrn von Bletz zu sprechen», antwortete Hans dreist.

Der Krieger, der kein Geringerer als der Hauptmann war, sah den Schmied mit herablassendem Misstrauen an.

«Dein Name?»

«Hans, der Schmied.»

Der Kriegsmann zeigte keine Reaktion auf diese Antwort und wandte sich den anderen zu.

«Vislav vom langen Acker.»

«Lobvic ...»

«Ah ja», fiel der Anführer ein und zeigte zum ersten Mal Interesse. «Der Priester hat von dir gesprochen.»

Lobvics blässliches Gesicht errötete selbstgefällig.

«Ich habe die neuen Bänke für die Kirche gemacht.»

«Er sagt, ihr wäret ein Unruhestifter.»

Der hagere Zimmermann fiel sofort in sich zusammen und kratzte sich vor Aufregung und Verlegenheit an der Nase.

Inzwischen wartete der Hauptmann darauf, dass sich das letzte Mitglied der Abordnung vorstellte.

«Ma...Ma...Matthias», stotterte der junge Bursche. «vom m...mittleren Feld.»

Der Kriegsmann wandte sich naserümpfend an Hans.

«Ich habe gehört, dass ihr etwas über einen Teufelsspuk zu berichten habt.»

«Das haben wir.»

«Wen klagt ihr an?»

«Das ist nur für die Ohren des Herrn bestimmt.»

Im nächsten Augenblick sah man Stahl aufblitzen. In einer Aufwallung von Zorn hielt der Krieger Hans sein Schwert an den Hals. Dann besann er sich, stieß ein verächtliches Lachen aus und ließ das Schwert sinken. «Wehe, wenn eure Anschuldigung falsch ist, Schmied», sagte er warnend. «Nehmt sie mit hinein», fuhr er die beiden mit Piken Bewaffneten an. «Und du ...», das war an den Wächter gerichtet, dem sie zuerst begegnet waren, «machst dich auf deinen Posten.»

Der Hauptmann ging ihnen voran. Die Abordnung wurde über den Burghof zum Hauptturm und durch einen gewölbten Torweg in den großen Saal der Burg geleitet, bei dessen eindrucksvollem Anblick sogar Hans ein wenig den Mut verlor.

Die hohe Decke des Saales wurde von schweren Balken getragen. An den Wänden hingen Teppiche mit Jagdszenen, deren farbiges Gewebe sich im trüben Morgenlicht, das aus einer Reihe schmaler Bogenfenster hoch oben unter dem Dach drang, lebendig von den grauen Steinwänden abhob.

Von den beiden Enden einer langen Eichentafel, die mitten im Saal stand, sahen zwei kleine Gruppen von Männern in Jagdkleidung mit leuchtend bunten Hüten und pelzverbrämten Gewändern den eintretenden Bauern mit leiser Belustigung entgegen. Hinter dem Tisch saß in der Mitte ein schmächtiger, zynisch blickender Mann, dessen schmales Gesicht von einem regelmäßig gestutzten Bart eingefasst war und dessen langes dunkles Haar unter seinem spitz zulaufenden, mit Zobelpelz eingefassten Hut hervorkam. Über seinem rot und gelb gemusterten Gewand trug er einen langen Überwurf aus Zobelpelz.

Der Herr von Bletz, Graf Boleslav, sah mit träger Gleichgültigkeit zu, wie die Bauern auf die Knie fielen und mit der Stirn beinahe den Boden berührten. Seine Finger spielten gelangweilt mit einem winzigen Jagdhorn aus Silber, das an seiner Halskette aus Bernstein hing. Hinter ihm stand, angetan mit einem Brustharnisch und Arm- und Beinschienen, die eindrucksvolle Gestalt des Festungskommandanten, eines stiernackigen Mannes mit dicht anliegendem Haar und einer tiefen Narbe, die über sein grobes Kinn lief.

Der Hauptmann trat einen Schritt vor und salutierte.

«Das sind die Bauern, gnädiger Herr. Sie sagen, dass sie nur mit Euch sprechen wollen.»

«Dann lasst sie sprechen.»

Graf Boleslavs Stimme war weich, doch ohne eine Spur von Wärme. Die Männer an den beiden Enden des Tisches gaben ein höfliches, wohleinstudiertes kleines Lachen von sich.

Hans erhob den Kopf und begann mit rauer Stimme seine vorbereitete Rede. «Gnädiger Herr, wir sind gekommen, um Euer Urteil einzuholen. Unser Dorfvorsteher hat uns gesagt, dass wir das tun sollen ...»

«Wo ist der Müller?», unterbrach Graf Boleslav. «Warum ist er nicht hier?»

«Er hat sich geweigert mitzukommen, gnädiger Herr.»

«Oh, und warum?»

«Gnädiger Herr, ich weiß es nicht», log der Schmied.

Anstelle einer Erwiderung roch Graf Boleslav an einem kleinen, bestickten Silberbeutel, der mit Gewürznelken gefüllt war.

Er hatte vorgehabt, den Morgen mit der Schwarzwildjagd im Wald zu verbringen, und wollte die Bauern, die den Saal mit schlechten Gerüchen füllten, so schnell wie möglich loswerden.

«Gnädiger Herr», fuhr Hans fort und versuchte den Faden seiner Rede wieder aufzunehmen, «wir leiden große Not. Unsere Getreidespeicher sind leer, und wir haben Hunger ...»

Die Anwesenden sahen den Bauern ungläubig an, der nicht zu bemerken schien, wie gefährlich seine Worte waren. Graf Boleslav versank in Schweigen und betrachtete den Schmied mit verhangenem Blick.

«Wir haben darüber gesprochen, was an unserem Unglück schuld ist», sagte Hans, «und sind alle zu der Überzeugung gekommen, dass in Bletz ein böser Geist umgeht.» Diese unerwartete Bemerkung entlockte der gräflichen Versammlung einen Laut des Erstaunens, und sogar Graf Boleslav sah überrascht aus.

«Was für ein böser Geist ist das?», fragte er scharf.

«Ein Kind, Herr. Der Sohn eines der Holzfäller eurer Lordschaft.»

«Ein abstoßender Krüppel, Herr», fügte Vislav hinzu.

«Wie heißt das Kind?»

«Stephan, Herr, Josefs Sohn.»

Graf Boleslav nahm diese Auskunft schweigend auf. Er lehnte sich in seinem Sessel zurück und roch an dem Beutel mit Gewürznelken, während seine Umgebung erwartungsvoll dastand und versuchte, eine Reaktion aus seinem kühlen, unbewegten Gesicht abzulesen.

«Was habt ihr für Beweise?», fragte er schließlich.

«Wir hatten schon lange einen Verdacht», sagte Hans großspurig. «Wenn Ihr ihn selbst sehen könntet, wüsstet Ihr gleich, dass er kein gewöhnliches Kind ist.»

«Er redet wie ein Tier», sagte Vislav.

«Und geht nie zur Messe», fügte Lobvic hinzu. «Er ist gottlos.»

«Sein eigener Vater gibt das zu», erklärte der Schmied.

«Es ist wegen seinem Klumpfuß. Die Leute sagen, es ist ein Pferdefuß.»

«Er h...hat unsere Felder verhext», stammelte Matthias.

«Es ist ein böses Kind, Herr», sagte Hans mit dröhnender Stimme, «und wir fordern, dass es beseitigt wird.»

Einige Minuten vergingen, bevor Graf Boleslav etwas sagte. Das Leiden der Bauern rührte ihn nicht, obwohl er davon wusste. Er hatte den Kommandanten sogar schon angewiesen, allen Unruhen, die im Dorf entstehen könnten, unbarmherzig entgegenzutreten. Die Bauern schienen eine recht bequeme Erklärung für den Mangel, unter dem sie litten, gefunden zu haben. Doch wie jedermann war ihm bei dem Gedanken an Hexerei nicht wohl. Da die Dinge nun einmal so lagen, beschloss er, den Rat eines Fachmannes einzuholen.

«Nun, Priester, was habt Ihr dazu zu sagen?»

Er wandte sich an den dicken Mann im schmierigen schwarzen Talar, der ein Stückchen weiter unten am Tisch saß.

Obwohl Pater Vilem so plump wirkte und er so viel gegessen und Wein getrunken hatte, war sein Geist noch überraschend rege. Das war auch nötig, damit er sich seiner bevorzugten Stellung weiterhin erfreuen konnte. Vor vielen Jahren hatte er beschlossen, dass sein unmittelbares Wohlergehen mehr von seinem irdischen als von seinem himmlischen Herrn abhinge, und so tat er, was in seinen Kräften stand, um Graf Boleslav zufrieden zu stellen.

Jetzt wurde er nach seiner Meinung über das heikle Problem der Hexerei befragt und dachte gründlich nach, bevor er eine Antwort gab.

«Herr, ich habe das Kind schon eine ganze Weile in Verdacht», log er mit geübter Unverfrorenheit. «Ich habe oft für das Kind gebetet. Doch es steht nicht in unserer Macht, die zu retten, die nicht zu retten sind. Der Teufel arbeitet nicht wie unser Erlöser im Verborgenen, und ein Klumpfuß ist zweifellos ein äußeres Zeichen für das gottlose Wesen des Kindes. Mein Rat ist deshalb die Feuerprobe. Wenn das Kind überlebt, ist es von allen Sünden gereinigt. Wenn nicht, ist Bletz von einem bösen Geist befreit.»

Nach einer solchen Rede war klar, was getan werden musste.

«Sendet einen Trupp aus, um das Kind zu ergreifen», sagte Graf Boleslav leichthin. «Aber ich will diesen Klumpfuß sehen, bevor er ins Feuer gesteckt wird.»

Der Kommandant salutierte und wies den Hauptmann mit einem Kopfnicken an, die notwendigen Befehle zu erteilen. Graf Boleslav entließ die Bauern mit einer flüchtigen Geste und erhob sich, um den Saal zu verlassen.

«Herr», flüsterte der dicke Priester, «wäre es nicht klug, sie für ihre Dienste zu belohnen?»

Der Herr von Bletz sah ihn scharf an und lächelte dann.

«Er ist ein guter Hirte, der seine Herde kennt. Gebt jedem der Männer ein halbes Maß Getreide und, Schmied, sagt dem Müller, dass ich den Grund seiner Abwesenheit wissen möchte.»

«Das werde ich tun, Herr», antwortete Hans genüsslich.

Unter den Zurufen der Abordnung und höflichem Beifall der Versammlung schritt der Herr von Bletz aus dem Saal in Erwartung eines langen Tages voller Vergnügen.

Kapitel 4

Während Josef durch den Wald stolperte und nach Atem rang, schaute er immer wieder zu dem schwachen Lichtschimmer über den Bäumen. Er sah, dass der Morgen schon weit fortgeschritten war, und fürchtete, die Kriegsknechte könnten bereits da gewesen sein, wenn er nach Hause käme.

Als er seine Hütte endlich sehen konnte, blieb er einen Augenblick stehen, lehnte sich an einen Baum und versuchte zu erkennen, ob sich etwas verändert hatte. Alles sah friedlich aus. Der Holzstoß, den er am Tag zuvor gehackt hatte, stand unberührt da. Die Hütte selbst bot das vertraute, ruhige Bild; aus dem Dach stieg wie immer Rauch auf. Vielleicht waren die Bewaffneten doch noch nicht da gewesen. Er nahm seine letzte Kraft zusammen, lief auf die Hütte zu und fiel gegen die Tür. Als Marta öffnete, brach er in ihren Armen zusammen.

«Sind sie gekommen?», keuchte er. Zu seiner großen Erleichterung schüttelte sie den Kopf.

Marta führte ihn ans Feuer, wo er sich auf einen Schemel fallen ließ, während sie ihm die nassen Überkleider abnahm. Dann füllte sie eilig eine hölzerne Schale mit der Suppe, die schon eine ganze Weile in einem Topf über dem Feuer gekocht hatte. Sie kniete vor ihm nieder und versuchte ihm ein wenig Suppe einzuflößen. Zwischen den einzelnen Schlucken begann er ihr von der Höhle zu erzählen, in der er Stephan zurückgelassen hatte.

Als er mit seinem Bericht beinahe zu Ende gekommen war, ließen leise Geräusche in der Ferne sie vor Schreck zusammenfahren. Das Klappern sich nähernder Hufe konnte nur eines bedeuten. Es blieb keine Zeit mehr, etwas zu sagen. Josef stand mühsam auf. Rasch umarmte er Marta, die blass geworden war, ergriff seine Axt und rannte hinaus.

Als dann der Trupp von sechs Reitern an den Eichen vorbeigaloppierte, sah es aus, als hätte Josef seit Sonnenaufgang vor der Hütte gestanden und Holz gehackt. Sie umschlossen ihn in einem Kreis, der so eng war, dass er den dampfenden Atem und den Schweiß der Pferde spürte.

Mit geheuchelter Überraschung sah er auf; seine Erschöpfung war ihm nicht mehr anzumerken, und innerlich befand er sich in hellwacher Anspannung.

«Wir sind wegen des Kindes gekommen!», fuhr ihn der Anführer der Truppe an.

Josef fiel auf die Knie und machte ein jämmerliches Gesicht.

«Herr, es ist nicht da.»

«Was soll das heißen, Bauer?»

«Es ist gestern Abend geholt worden.»

Der Anführer schnaubte und zog sein Schwert, um den Holzfäller mit der flachen Klinge zu schlagen. Josef wich zurück, sprach aber weiter: «Er spielte draußen, wie immer, als ...» Er unterbrach seine Rede, um sich nach Marta umzusehen, die in der Tür stand. Dann fuhr er mit lauter Stimme, damit sie ihn hören konnte, fort: «Als ein Wesen vom Himmel kam und ihn wegtrug.»

Diese Worte waren aus ihm hervorgebrochen. Er senkte nun den Kopf, wohl bewusst, dass er umringt war von Gesichtern, die ihn versteinert anstarrten.

«Holt die Frau her», befahl der Anführer, ohne den Blick von Josef zu wenden.

Zwei Kriegsknechte stiegen vom Pferd, zerrten Marta in den Kreis und stießen sie neben ihrem Mann zu Boden.

«Ist das wahr, Frau?»

«Jedes Wort, Herr», sagte Marta mit ängstlicher Stimme. «Es war ein großes schwarzes Wesen mit riesigen Flügeln und einem langen Schwanz. Es landete genau dort, wo Eure Leute jetzt stehen, Herr.»

Unwillkürlich zügelten die Bewaffneten ihre Pferde und sahen unbehaglich um sich.

«Sucht den Platz ab», bellte der Anführer.

Das Krachen und Poltern, das folgte, ließ keinen Zweifel daran, dass die Krieger, die in die Hütte eingedrungen waren, alles durcheinander warfen. Kurz darauf kamen sie wieder heraus und schüttelten die Köpfe.

Der Anführer des Trupps runzelte die Stirn. Er hatte Widerstand erwartet, ja er hatte sich sogar darauf gefreut – aber darauf war er nicht gefasst gewesen. Es blieb ihm nichts anderes übrig, als zur Burg zurückzukehren – aber nicht mit leeren Händen. «Fesselt sie!», befahl er.

Josef lächelte Marta tröstend zu, während ihnen die Arme mit Stricken an den Körper gebunden wurden. Dann stiegen die Krieger wieder auf, trieben auf Befehl des Anführers ihre Pferde an und rissen dadurch das hilflose Paar hoch.

Von den Stricken vorwärts gezerrt, mussten der Holzfäller und seine Frau stolpernd und taumelnd laufen, um mit den unaufhörlich trabenden Pferden Schritt zu halten. Sie überquerten Weiden und Felder, und die dort arbeitenden Bauern sahen auf und fragten sich, warum Josef und Marta in die Burg gebracht wurden und nicht ihr Sohn. Im Dorf erschienen die Menschen, die zum Arbeiten zu alt oder zu krank waren, in den Türen und sahen mit erschreckten, düsteren Gesichtern zu, wie das Paar sich vorwärtsquälte. Irgendjemand machte sich auf den Weg, um dem Schmied davon zu berichten; eine andere, gütigere Seele ging, den Müller zu suchen.

Anstatt die Brücke zu benutzen, durchquerten die Kriegsknechte mit ihren Pferden eine Furt im Fluss und zwangen so ihre Gefangenen in das Wasser, sodass sie auf der anderen Seite wie nasse Ratten ankamen. Unfähig, noch weiter zu laufen, mussten sie sich den zerfurchten Weg zum Schloss hinauf und über den gepflasterten Hof zerren lassen, wo die Menge sich teilte, um den Reitern Platz zu machen. Der Anführer hob die Hand, und, Gott sei's gedankt, die trabenden Hufe standen endlich still.

Durchnässt bis auf die Haut und zerschunden, lagen Josef und Marta wie zwei leblose Bündel am Boden, und die Menge drängte sich um sie, um den grauhaarigen Riesen und die weinende Frau zu begaffen. Vor Erschöpfung und Schmerzen merkten Josef und Marta nicht, was um sie herum vor sich ging, bis grobe Hände die Stricke packten und sie wieder hochgerissen wurden.

In der Halle stand der Herr von Bletz, aufgebracht über die Störung, mit dem Rücken zum Kamin, in dem ein Feuer brannte. Zwei Jagdhunde sprangen bellend an ihm hoch und versuchten, ihn dazu zu bringen, das Spiel fortzusetzen, das durch das Eintreten des Hauptmannes unterbrochen worden war. Eben war Graf Boleslav noch in bester Laune gewesen – die Eberjagd war sehr erfolgreich verlaufen, und er hatte gerade Knochen durch die Halle geworfen und die Hunde hinterherjagen lassen. Während die beiden kräftigen Tiere herumhetzten, auf die lange Tafel sprangen und sogar auf ihr entlangrannten, schlossen die Männer der Jagdgesellschaft Wetten ab, welcher der Hunde einen Knochen als Erster erreichen würde.

Als Josef und Marta in den Saal gezerrt wurden, versetzte Graf Boleslav den Hunden wütende Tritte.

«Fort mit ihnen!», befahl er, und zwei unglückliche Diener liefen gehorsam herbei und setzten sich tapfer den schnappenden Zähnen aus. Das schmutzbedeckte, durchnässte Paar fiel zitternd vor dem Herrn von Bletz auf die Knie, der sie mit kalten, finsteren Blicken ansah.

«Wo ist das Kind?» Seine Stimme klang schneidend wie Stahl.

Zunächst waren beide sprachlos vor Angst. Doch dann machte das leise Lachen der Gesellschaft Josef zornig, und er fand seine Stimme wieder.

«Gnädiger Herr, unser Sohn ist gestern Abend geholt worden», sagte er. «Ein riesiges, fliegendes Wesen stürzte vom Himmel und trug ihn weg.»

Graf Boleslav nahm diesen Bericht schweigend zur Kenntnis und durchbohrte Josef einen Moment lang mit seinen Blicken, als versuche er, die Gedanken hinter diesem zerkratzten, schmutzigen Gesicht zu lesen. Dann befahl er plötzlich barsch: «Holt den Priester!»

Während ein Diener davoneilte, schlenderte der Herr von Bletz zu der langen Tafel, wobei der Saum seines Zobelmantels auf dem Boden hinter ihm herschleifte. Eine gedämpft erwartungsvolle Stimmung senkte sich über den Saal, nachdem er sich in seinem hochlehnigen Sessel niedergelassen hatte und mit schlanken Fingern leicht auf die Tischplatte trommelte.

Einige Minuten lang verharrten alle reglos; keiner sprach ein Wort. Dann wurde die Stille durch einen Tumult draußen vor der Tür unterbrochen, und wenige Augenblicke später schleppte man den Schmied herein.

«Nun!», bemerkte Graf Boleslav eisig. «Du hast meine Kriegsleute wohl an der Nase herumgeführt, Schmied.»

Sein Blick richtete sich auf die Tür, zu der Petr, ganz mit Mehl bestäubt, hereingeführt wurde. «Und der Müller ebenso.»

Seine Stimme war beißend vor Spott. «Es ist wirklich eine große Ehre, dass du hier bist.»

Petr beugte das Knie und hielt den Kopf gesenkt.

«Gnädiger Herr», sagte er, «ich bin gekommen, um für diesen Mann und diese Frau zu bitten.»

«Und was ist mit ihrem Sohn?»

«Gnädiger Herr, die Bauern, die heute zu Euch kamen, taten das mit meinem Wissen, aber nicht mit meiner Unterstützung.»

«Hüte deine Zunge, Müller! Das Kind wurde bereits für schuldig befunden.»

«Dann, gnädiger Herr», sagte Petr mit seiner tiefen, ruhigen Stimme, «bitte ich Euch, seinen Eltern gnädig zu sein. Es sind ehrliche, ergebene Bauern, die nichts Unredliches tun würden.»

«Sie haben das Kind versteckt, das haben sie getan», rief Hans und zeigte anklagend auf Josef und Marta.

«Genug!», fuhr ihn Graf Boleslav an. «Ich will von dir kein Wort mehr hören, Schmied!»

Hans senkte den Kopf und starrte zu Boden.

In diesem Augenblick öffnete sich eine Tür an der Rückseite des Saales, und der dicke Priester kam keuchend und schnaufend hereingewatschelt. Graf Boleslav lächelte. «Es scheint, ich muss Euch heute ein zweites Mal bemühen.»

Pater Vilem verneigte sich. «Gnädiger Herr», japste er, «als Gottes und Euer Diener wünschte ich, Ihr bedürftet meiner hundertmal am Tag.»

«Nun wollen wir sehen, ob Eure Weisheit es mit Eurer Schmeichelkunst aufnehmen kann», sagte Graf Boleslav mit der leisen Andeutung eines Lächelns.

Pater Vilem verneigte sich noch einmal und bemühte sich, das Unbehagen zu verbergen, das er beim Anblick der knienden Bauern empfand. Irgendetwas schien mit der Gefangennahme des Kindes gründlich schief gegangen zu sein.

«Holzfäller, erzähle dem Priester deine Geschichte!», befahl Graf Boleslav.

Josef sah Pater Vilem schuldbewusst an, denn es war ihm gar nicht wohl dabei, vor einem Priester lügen zu müssen, selbst wenn dieser in einem schlechten Ruf stand. Aber da er keine Wahl hatte, sagte er: «Unser Sohn Stephan wurde gestern Abend von einem Wesen, das vom Himmel kam, geholt. Es war ein riesiges schwarzes Ding, Pater, mit großen Flügeln und einem langen Schwanz. Es hob den Jungen auf und trug ihn davon. Seitdem haben wir ihn nicht mehr gesehen.»

«Warum seid ihr nicht zu mir gekommen?», fragte der Priester und versuchte, Zeit zu gewinnen. Er fühlte sich ziemlich elend, einerseits weil er so rasch hatte laufen müssen, und andererseits, weil er sich jetzt in einer so misslichen Lage befand.

«Oh, Pater, wir hatten solche Angst», kam Marta ihrem Mann schluchzend zu Hilfe.

Petr war äußerst angetan von der Geschichte, die seine Freunde erfunden hatten, fragte sich aber, ob sie glaubhaft genug sei, um den Grafen und seinen Priester zufrieden zu stellen.

«Da haben wir es, ein hübsches Rätsel», sagte Graf Boleslav mit leichtem, aber vernichtendem Ton, bei dem dem Priester noch übler wurde.

«Glauben wir die Geschichte oder nicht? Lassen wir die beiden hängen und suchen weiter nach dem Kind? Oder nehmen wir an, dass es sich um ein Werk des Teufels handelt?»

Pater Vilem wischte sich den Schweiß von der Stirn und versuchte, angestrengt nachzudenken. Er wusste, dass man nicht entscheiden konnte, ob die Geschichte wahr oder falsch war. Erklärte er sie für falsch, würde Graf Boleslav die Hinrichtung der Eltern anordnen und Bewaffnete aussenden, um das Kind zu suchen – ziemliche Unannehmlichkeiten, die, wenn sie sich als fruchtlos erwiesen, auf ihn zurückfallen konnten. Erklärte er sie andrerseits für wahr, würde das zumindest mit seiner früheren Beurteilung übereinstimmen, und er würde Graf Boleslav vielleicht durch sein Wissen beeindrucken. Pater Vilem begann sich etwas besser zu fühlen.

«Gnädiger Herr, diese Angelegenheit muss Euch keineswegs beunruhigen», begann er. «Ich habe viele Bücher gelesen, in denen die verschiedenartigen Erscheinungsformen des Teufels beschrieben waren.» Das stimmte zwar keineswegs, aber es war ganz bewusst gesagt, um seine Autorität vor einer Versammlung zu stützen, in der er einer der wenigen war, die überhaupt lesen konnten. «Das Wesen, das diese Bauern gesehen zu haben vorgeben, ist tatsächlich eine sehr häufige Form – die großen Flügel, der lange Schwanz und so weiter. Vielleicht wusste der Teufel von der bevorstehenden Gefangennahme des Kindes und brachte so in Gestalt eines Vogels sein Geschöpf in Sicherheit.»

Graf Boleslav runzelte die Stirn.

«Was soll das heißen, Priester? Wollt Ihr damit sagen, die Geschichte sei wahr?»

«Ja, gnädiger Herr. Eben dies wollte ich damit sagen.»

Pater Vilems Stimme klang nun geradezu leutselig. Er war zufrieden mit seiner Rede, und das seltsame Gefühl in seinem Magen war nun fast vollständig vergangen.

«Und was tun wir mit dem Teufelskind? Sollen wir den Wald durchsuchen?»

«Das liegt natürlich in Euren Händen, gnädiger Herr. Meiner Meinung nach wurde dieses Geschöpf jedoch viel weiter weggebracht.»

Josef und Marta, die der Rede des Priesters nur schwer hatten folgen können, trauten ihren Ohren nicht, denn es schien, als sei Pater Vilem auf ihre Geschichte hereingefallen. Josef musste sich auf die Lippen beißen, um nicht laut loszulachen. Marta war vor Erleichterung einer Ohnmacht nahe. Sie senkte den Kopf, nicht aus Scham oder Furcht, sondern um ihre Freudentränen zu verbergen.

«Und was sollen wir mit den beiden da machen?», hörten sie Graf Boleslav fragen, was wieder ihre Angst weckte.

Nachdem er mit der Zurschaustellung seiner Gelehrsamkeit so viel Erfolg geerntet hatte, hielt es Pater Vilem nun für angemessen, christliche Nächstenliebe, gemäßigt durch Strenge, an den Tag zu legen.

«Es sind schlichte Geschöpfe, gnädiger Herr, die nicht einmal genügend Verstand haben, um für ihre eigene Seele zu beten. Anstatt sie hängen zu lassen, könnte man sie als warnendes Beispiel hinstellen. Ich werde dafür sorgen, dass sie die Schwierigkeiten, die sie Euch gemacht haben, büßen müssen. Sie sollen drei Sonntage hintereinander barhäuptig, barfuß und in Sackleinen gekleidet zur Messe gehen.»

«So sei es», verfügte der Herr von Bletz. Die ganze Sache war ihm plötzlich langweilig geworden. Nachdem ihm das Schauspiel entgangen war, das Kind auf dem Scheiterhaufen zu sehen, versprach das Hängen zweier erbärmlicher Bauern ihm wenig Vergnügen. Er erhob sich, um den Saal zu verlassen, als es aus dem Schmied hervorbrach:

«Gnädiger Herr, diese beiden haben einen bösen Geist großgezogen. Sie müssten doch eigentlich härter bestraft werden!»

Petr sprang unverzüglich auf.

«Gnädiger Herr, als Dorfältester von Bletz schwöre ich, dass gegen diese beiden nie ein Vorwurf erhoben worden ist. Sie sind wohlgelitten, und keiner wünscht ihnen etwas Böses.»

«Ruhe!» Der Befehl kam vom Festungskommandanten, und der Ton seiner Stimme ließ alle erstarren.

«Schmied, hüte dich», sagte Graf Boleslav mit erbarmungslos drohender Stimme. «Das letzte Mal hast du diesen Saal mit einer Belohnung verlassen. Sei froh, dass du ihn jetzt ohne Strafe verlässt.» Sein Blick glitt blitzartig zum Festungskommandanten, der zwei Kriegsknechte mit einer Kopfbewegung veranlasste, Hans zu ergreifen und ihn unverzüglich aus dem Saal zu entfernen.

Ohne ein weiteres Wort schritt der Herr von Bletz hinaus, begleitet vom höflichen Klatschen der Jagdgesellschaft. Der dicke Priester folgte seinem Herrn auf dem Fuß, um etwas von dem Beifall für sich selbst zu erhaschen.

Während bewaffnete Männer die Stricke lösten, lächelten Josef und Marta einander unverhohlen an, und auch Petr lächelten sie zu. Ungehindert verließen sie mit langsamen Schritten den Saal.

Hans wartete draußen auf sie. Er spuckte vor ihre Füße auf den Boden. «Glaubt bloß nicht, dass ihr gesiegt habt», knurrte er und stolzierte davon.

«Hört nicht auf ihn», sagte Petr gleichmütig.

«Sagt, habt ihr Stephan in Sicherheit gebracht?», fragte er dann mit leiser Stimme.

Josef nickte.

«Gut. Das ist alles, was ich wissen wollte. Jetzt müssen wir uns trennen. Niemand soll sehen, dass wir miteinander sprechen.»

Der Holzfäller und seine Frau fühlten sich völlig zerschlagen, und ihre Verletzungen schmerzten heftig. Josef nahm Marta am Arm. Nur mit großer Mühe konnten sie sich vorwärts bewegen. Sie brauchten lange für den Heimweg.

Als sie bei ihrer Hütte ankamen, hatte es zu regnen begonnen. Als sie eintraten, war alles feucht und roch nach abgestandener Suppe. Die Möbelstücke und die anderen Habseligkeiten lagen verstreut auf dem Boden, das Feuer war erloschen. Aber wenigstens konnten sie einander nun wieder ohne Angst in die Augen sehen.

Kapitel 5

Stephan wurde durch etwas geweckt, das sanft an seine rechte Wange stupfte. Sein Gesicht zuckte, und während seine Augen noch halb geschlossen waren, tastete er schlaftrunken mit der Hand nach seiner Wange und berührte etwas Weiches, Pelziges, das mit einem leisen Laut des Erschreckens davonhüpfte. Als er die Augen öffnete, sah er einen weißen Hasen vor sich. Er hatte sich mit zurückgelegten Ohren auf den Boden gekauert, bereit zur Flucht.

In seinem verträumten Zustand glaubte Stephan, er sei im Wald eingeschlafen, doch als sein Blick auf die Felswände über ihm und zu seinen Seiten fiel, erstarrte er und setzte sich kerzengerade auf. Der Hase flüchtete, wobei er jämmerliche Laute ausstieß, weil er am Rücken verletzt war. Stephan, jetzt hellwach, sah sich wieder um und runzelte die Stirn beim Anblick seiner seltsamen Umgebung.

Er rief, aber er erhielt keine Antwort. Verwirrt und angstvoll erhob er sich und hinkte ins Freie. Ein kalter, scharfer Wind wehte ihm das Haar ins Gesicht, und als er mit der einen Hand versuchte, seine Augen zu befreien, musste er sich mit der anderen an der Felswand festhalten, denn der Anblick, der sich ihm darbot, traf ihn wie ein Schlag auf den Kopf.

Er begriff nicht, was geschehen war. Verschwunden war die vertraute häusliche Umgebung – die kleine Wiese, auf der er seit seiner Kindheit gespielt hatte, die Eichen und der Kiefernwald. An ihrer Stelle sah er kahle, zerklüftete Felsen und weite, steile Abhänge, die mit frisch gefallenem Schnee bedeckt waren. Beunruhigt arbeitete er sich vorwärts – und sah hinab in einen Schwindel erregenden Wasserfall, der in ein dunkles Becken hundert Fuß unter ihm stürzte.

Hinter sich erblickte er hohe, steile Felswände, die so weit in den Himmel ragten, dass sie von den Wolken verschluckt wurden. Die dunklen Felsmassen verschwammen ihm gefährlich vor den Augen, und er verlor beinahe das Gleichgewicht.

Mit seltsamen, ungeformten Worten begann er, nach seinen Eltern zu rufen. Doch die einzige Antwort, die er erhielt, war das Donnern des Wasserfalls. Von panischem Schrecken erfasst, stolperte er in die Höhle zurück, wo er zusammensank, eine Decke an seinen Mund presste und unfähig war zu begreifen, warum er nicht zu Hause war, umgeben von dem vertrauten Geruch der Körper, von Stroh, Rauch und Gekochtem. Er verzog das Gesicht und begann zu weinen.

Als er so mit angezogenen Knien dalag und an seiner Decke nuckelte, stiegen Erinnerungen in ihm auf, die er für einen Traum hielt. Ein seltsamer Mann kam mitten in der Nacht in ihre Hütte. Das Gesicht seiner Mutter war blass und ärgerlich. Ihr ungekämmtes Haar hing über ihre Schultern herab, und sie lief immerzu hin und her. Sein Vater trug ihn durch einen Schneesturm. Er konnte die Stimme seines Vaters hören, sein Gesicht aber war in der Dunkelheit nicht zu erkennen. Diese Erinnerungsfetzen verbanden sich mit dem überwältigenden Gefühl von Gefahr, und er versuchte es wegzuschieben, indem er sich in die Decke vergrub.

An diesem ersten Tag in der Einsamkeit ging Stephan immer wieder vor die Höhle und rief mit flehender Stimme nach seinen Eltern. Doch sie antworteten nie, und als die Dunkelheit hereinbrach, lag er wie ein weinendes und zitterndes Häufchen in seine Decken gewickelt da, bis ihn schließlich der Schlaf übermannte. Das Bündel mit Essen lag unberührt am Boden.

Am nächsten Morgen sprang er sofort nach dem Erwachen auf, hinkte hinaus und schrie mit der ganzen Kraft seines kleinen Körpers. Lange Zeit stand er dort und hoffte angestrengt auf den Klang einer vertrauten Stimme, die das Rauschen des Wassers und das Heulen des Windes übertönen würde. Verängstigt und einsam ließ er sich auf einen Felsen fallen und blieb fast den ganzen Tag dort sitzen.

Am späten Nachmittag zwang ihn plötzlicher Schneefall dazu, in der Höhle Schutz zu suchen. Erschöpft und geschwächt, weil er nichts gegessen hatte, schlief er endlich ein.

Am dritten Tag stand er schon in der Morgendämmerung draußen und rief, bis ihm die Tränen über das Gesicht liefen. Er war wie ein aufgeschrecktes Tier, das blindlings um Hilfe schreit. Er wusste nicht mehr, was er tat oder warum. Es war auch nichts als tierhafter Instinkt, der ihn später ins Innere der Höhle trieb, nicht um Trost zu suchen, indem er sich in seine Decken hüllte, sondern um sich in der dunkelsten Ecke in der Tiefe der Höhle zu verbergen. Zusammengekauert in einen engen Winkel, starr vor Angst, merkte er nicht mehr, wie die Helligkeit des Tages und die dunklen Stunden der Nacht vergingen.

In diesen langsam verrinnenden Stunden geriet er in einen traumähnlichen Zustand – er schwebte in einer Art Niemandsland, in dem es keine Zeit und keinen Raum mehr gab. Wie ein Teich, der im heißen Sonnenschein vertrocknet, löste sich allmählich alles Wissen über sein früheres Leben in ihm auf, alle Erinnerungen an Menschen, Dinge und Orte. Er blieb als leere Hülle zurück, die auf den Augenblick wartete, dass ein neues Leben beginnen konnte.

Es begann kurz nach Tagesanbruch am vierten Tag mit kleinen Krämpfen in seinen Armen und Fingern. Sie breiteten sich unwillkürlich aus, bis sein ganzer Körper zitterte. Nachdem sie einen Höhepunkt erreicht hatten, vergingen sie allmählich, und als sein Körper wieder ganz ruhig war, tat er einen tiefen Atemzug und dann einen Seufzer. Wie jemand, der zum ersten Mal entdeckt, dass man seine Glieder gebrauchen kann, stand er aufrecht da, streckte die Arme über seinen Kopf aus und ließ sie dann in zwei Bögen an seinen Seiten herabfallen. Dann hinkte er, den Kopf neugierig zur Seite gebogen, langsam dem Licht entgegen. Er hielt einen Augenblick inne, runzelte erstaunt die Stirn über das hinderliche Gewicht seines rechten Fußes und humpelte dann weiter vorwärts, sich mit einer Hand an der Wand der Höhle stützend, wachsam, aber entspannt, wie ein Tier, das eine neue Gegend erforscht.

Der Anblick des Hasen, der an dem Bündel mit Vorräten schnüffelte, ließ ihn innehalten. Das Tier sah erschrocken auf und hüpfte, als Stephan näher kam, davon, um sich in Sicherheit zu bringen. Er kniete neben dem geheimnisvollen Päckchen nieder und roch daran. Bei dem Geruch merkte er plötzlich, dass er einen großen Hunger hatte. Er packte das Bündel und schüttelte es, bis sich ein Knoten öffnete und der Inhalt zu Boden fiel. Sofort kam der Hase heran und begann, an den herumliegenden Nüssen zu knabbern, was Stephan ermutigte, einen kleinen Laib Roggenbrot aufzuheben und versuchsweise hineinzubeißen. Es war das gleiche Brot, das seine Mutter sein Leben lang gebacken hatte, doch nun war der Geschmack für ihn ganz neu, und da er gut war, verschlang er den Laib mit herzhaften Bissen.

Zufrieden knabbernd, wagte sich der Hase näher heran. Auf seinem Rücken war eine kahle Stelle mit tiefen Krallenspuren, die eine Wildkatze hinterlassen hatte. Stephan streichelte sanft die seidigen Ohren des Tieres, das ihn aus vertrauensvollen braunen Augen ansah.

Stephan blieb den ganzen ersten Tag seines neuen Lebens im

Schutz der Höhle. Draußen regnete es unaufhörlich. Als es dämmerte, saß er mit überkreuzten Beinen auf dem Boden, den Hasen in seinem Schoß, und sah den Regentropfen zu, die vom oberen Rand des Eingangs zu Boden fielen. Hätten Josef und Marta ihren Sohn in einem solchen friedlichen Augenblick gesehen, so wäre das für sie eine große Beruhigung gewesen. Doch seine äußere Erscheinung trog. Innerlich war er nicht mehr das Kind, das sie gekannt hatten. Er war dem Tier näher, das in seinem Schoß lag.

Kapitel 6

«Hoffentlich ist das der richtige Weg.»

«Mach dir keine Sorgen, Josef. Wir werden die Höhle schon finden.»

«Der Schnee fiel so dicht, ich konnte kaum sehen, was vor meiner Nase war.»

Die beiden grauhaarigen Männer – voran die hohe Gestalt Josefs, ein paar Schritte hinter ihm Petrs stämmige Gestalt – klommen mühsam einen steilen, gewundenen Pfad den Berg hinauf. Ein feiner Nieselregen überzog die Felsen mit glitschiger Nässe, und beide waren sie trotz zusätzlich umgelegter Sackleinwand naß bis auf die Haut. Jeder der Männer hatte einen Stab in der Hand und ein Bündel mit Lebensmitteln auf dem Rücken.

Eine Woche war vergangen seit der verzweifelten Flucht in die Berge – eine Woche, in der Josef und Marta kaum von etwas anderem als von Stephan gesprochen und auch in den Augenblicken des Schweigens mit ihren Gedanken nur bei ihm gewesen waren. Marta hatte viel geweint, und Josef war mehr als einmal versucht gewesen, seine Axt zu Boden zu werfen und sich auf den Weg zu seinem Sohn zu machen. Aber das Wissen, dass niemand außer Petr von ihrem Geheimnis erfahren durfte und dass der einzig sichere Tag, an dem man einen Besuch bei ihm wagen konnte, der Sonntag, der Tag der Ruhe, war, hatten ihn immer davon abgehalten. Doch der Sonntag brachte nicht nur die Möglichkeit eines Wegs in die Berge, sondern auch die Bange machende Aussicht auf die Morgenmesse, die zuerst durchgestanden werden musste. Voller Furcht vor dieser schrecklichen Stunde erschienen Josef und Marta mit bloßen Köpfen und nackten Füßen in der Kirche, den Körper nur mit groben Hemden aus Sackleinen bedeckt.

Sie mussten während des ganzen Gottesdienstes stehen und, allen Augen sichtbar, den salbungsvollen Priester anhören, der sie in seiner Predigt anprangerte. Danach wurden sie wie gemeine Verbrecher oder Aussätzige behandelt. Niemand sprach ein Wort mit ihnen; selbst Leute, die sie ein Leben lang gekannt hatten, wandten sich bei ihrem Anblick ab. Ohne ein Wort des Mitgefühls oder der Ermutigung mussten sie sich nach Hause schleppen.

Es war Petr schwer gefallen, dabeistehen und mit ansehen zu müssen, welche Qualen seine Freunde litten. Doch er konnte nichts anderes tun, als weiterhin vorzugeben, über das Kind des Holzfällers nichts zu wissen. Im Stillen nahm er sich vor, die beiden gleich aufzusuchen, sobald er unbemerkt fortkonnte.

Als er später bei ihnen an die Tür klopfte, sah er, dass Josef gerade dabei war, sich auf den Weg zu machen. Sogleich bot er ihm an, ihn zu begleiten. «Niemand wird einen Verdacht hegen – nicht einmal meine Frau», sagte er. «Ich bin oft den ganzen Sonntag unterwegs und mache Besuche.» Mit ihren Vorratsbündeln auf dem Rücken brachen die beiden auf.

Nichts ahnend von der bevorstehenden Ankunft der Besucher, spielten Stephan und der Hase glücklich zusammen in der Höhle. Der Knabe jagte das Tier immer im Kreis herum und lachte fröhlich, obwohl er dem flinken Hasen nicht gewachsen war. Die Wunden auf dem Rücken des Tieres waren schon fast verheilt, und jedes Mal, wenn Stephan versuchte, ihn zu fangen, entwand sich ihm der Hase mit frecher Geschicklichkeit.

Plötzlich stellte das Tier die Ohren auf und wandte sich dem Eingang zu. Mit zitternder Nase schnüffelte es ängstlich unvertraute Gerüche. Die plötzliche Veränderung, die mit dem wachsamen kleinen Wesen vor sich gegangen war, ließ den Knaben innehalten und mit zur Seite geneigtem Kopf lauschen. Er hörte nichts außer dem Toben des Wasserfalls, doch die empfindsame Nase und das scharfe Gehör des Hasen sagten ihm, dass sich Fremde näherten. Das Tier trommelte mit seinen Hinterfüßen auf der Erde und hüpfte dann in den hinteren Teil der Höhle. Stephan wollte ihm gerade folgen, als ein entferntes Rufen ihn zögern ließ.

«Stephan?» Es war Josef, der unterhalb des Wasserfalls stand und nach ihm rief.

«Stephan?» Jetzt waren es zwei Stimmen, die gemeinsam riefen.

Der Knabe sah zum Eingang, höchst verwundert über die unerwarteten Laute. Er war an die Schreie der Tiere und Vögel des Berges gewöhnt, doch das waren andere Klänge. In der Pause, die folgte, hörte er, wie der Hase wild auf den Boden klopfte, um ihn dazu zu bewegen, sich mit ihm zu verstecken.

Dann rief wieder die erste Stimme, diesmal viel näher. Er bekam plötzlich Angst und stürzte in den hinteren Teil der Höhle zu der schmalen Nische, in der der Hase saß. Zusammengekauert im Dunkeln, hörte er Schritte am Eingang, und eine ängstliche Stimme, die in die Höhle hineinrief: «Stephan, ich bin es – dein Vater.»

Er spürte, wie der Hase sich angstvoll bebend zusammenduckte, und als die Schritte in die Höhle kamen, begann auch er zu zittern.

«Vielleicht ist das nicht die richtige Höhle», sagte die andere Stimme.

«Ich bin sicher, dass sie es ist. Hier liegen die Decken und der Schal, in die ich ihn gewickelt hatte. Und hier ist das Tuch, in dem die Lebensmittel waren.»

«Er hat anscheinend alles aufgegessen.»
«Aber wo ist er? Warum ist er nicht hier?»
«Er ist hinausgegangen, das ist alles.»
«Bei diesem Wetter?»
«Warum nicht? Du hast doch schon oft genug darüber geklagt, dass er bei jedem Wetter draußen sei.»
«Das war im Wald. Hier ist es etwas anderes. Er könnte gestürzt sein.»
«Josef, mein Freund, du musst dich nicht so beunruhigen. Ich bin sicher, dass der Junge wohlbehalten ist.»
«Aber ich will ihn sehen – um sicher zu sein.»
Die Schritte entfernten sich aus der Höhle, und die Stimme rief draußen: «Stephan? Stephan!»
«Es ist mir gar nicht geheuer, Petr», sagte die Stimme, die nun wieder in der Höhle zu hören war. «Es ist mir ganz und gar nicht geheuer.»
«Vielleicht ist es besser so.»
«Besser?»
«Ja, vielleicht ist es besser, wenn wir das Essen einfach da lassen und wieder gehen. So versetzt du weder den Jungen noch dich selbst in Unruhe. Legen wir unsere Bündel ab!
Man hörte ein Rascheln und ein zweifaches dumpfes Geräusch von den zu Boden fallenden Bündeln. Dann näherten sich gedämpfte Schritte langsam dem hinteren Teil der Höhle. Stephan, der mit weit geöffneten Augen in die Dunkelheit starrte, spürte, wie eine große Gestalt vor ihm auftauchte, und presste sich noch dichter an den Felsen.
«Stephan?», rief eine leise, beunruhigte Stimme ins Dunkle hinein.
«Es hat keinen Sinn», sagte die andere Stimme am Eingang der Höhle. «Der Junge ist nicht da. Wir müssen uns auf den Nachhauseweg machen, solange es noch hell ist.»

Die große Gestalt stand jetzt so nahe bei Stephan, dass er sie atmen hören konnte.

In diesem Augenblick waren Vater und Sohn nur durch ein kleines Stückchen Dunkelheit getrennt. Doch in anderer Weise lag ein Abgrund zwischen ihnen. Und selbst wenn der Mann den Knaben entdeckt hätte, so hätte er nicht den Sohn wieder gefunden, den er kannte, denn das Kind, das sich an den Felsen presste, kannte nur eine natürliche Regung, die sagte: «Du bist ein Fremder, und ich habe Angst.»

Die Gestalt stieß einen tiefen Seufzer aus, dann schlurften Schritte zum Ausgang der Höhle.

«Es war sehr unwahrscheinlich, dass du ihn hier drinnen finden würdest», sagte die andere Stimme. «Du wirst ihn am nächsten Sonntag sehen.»

«Ich möchte ihn jetzt sehen.»

«Ich weiß. Aber wir müssen uns beeilen. Um diese Jahreszeit wird es früh dunkel.»

Die Schritte entfernten sich von der Höhle und wurden vom Tosen des Wasserfalls verschluckt. Der Knabe und der Hase warteten in ihrem dunklen Versteck, bis die Gefahr gebannt zu sein schien. Dann hinkte Stephan vorsichtig dem Ausgang zu und blinzelte im Licht, während der Hase dreist auf die verführerisch riechenden Bündel zuhoppelte.

Kapitel 7

Hans saß am Feuer und brütete vor sich hin. Er war in eine zerrissene Decke aus Schaffell gewickelt, hatte seine kräftigen, muskulösen Arme vor der Brust gekreuzt und starrte verstimmt in das zischende Holz. Seit dem Mittag hatte es zum ersten Mal in diesem Winter richtig geschneit, und die Flocken fielen durch das Loch im Dach herein.

Hinter ihm auf einem leeren Holztisch stand eine einsame Öllampe, deren Licht tiefe Schatten auf die Wangen und die eingesunkenen Augen seiner Frau warf. Sie saß da, verdrossen schweigend, und starrte in das gelbe Licht.

Auf dem Boden kauerten Kinder, deren junge Gesichter ebenfalls von dem flackernden Licht erhellt wurden – ein dunkelhaariger Knabe von dreizehn Jahren, der seinem Vater in der Schmiede half, und zwei jüngere Mädchen, die aneinander geschmiegt dasaßen, um sich zu wärmen. Eines von ihnen hustete in regelmäßigen Abständen. In einer dunklen Ecke schlief auf einem Strohsack ein kleiner Junge unruhig unter seiner groben Decke. Niemand sprach ein Wort. Nur das Knistern des Feuers und das trockene, raue Husten unterbrachen das Schweigen.

Es war eine Woche vor dem Nikolaustag. Hans konnte sich des Gefühls nicht erwehren, dass er betrogen worden sei. Seit Wochen hatte es in ihm gearbeitet, und als er jetzt daran dachte, stieß er wütend mit dem Fuß gegen ein Stück Holz, das aus dem Feuer gefallen war.

Er hatte gehört, wie das Kind des Holzfällers eine Ausgeburt des Teufels genannt wurde; er hatte gesehen, wie die Eltern dreimal in der Kirche Buße taten. Doch dies alles schien ihm nicht genug. Er fühlte sich immer noch betrogen. Und vor allem fühlte er sich von Petr betrogen.

Seine Fehde mit dem Müller war schon uralt. Sie hatte in der Kindheit begonnen, als Petr sich weigerte, sich durch seine einschüchternde Art erschrecken zu lassen, und die Führung übernahm. Als viele Jahre später Petr und nicht er zum Dorfvorsteher gewählt wurde, gab das dem Groll und der Feindseligkeit, die er schon lange empfand, nur neue Nahrung.

Bis jetzt hatte er nichts getan, als seinen Ärger an seiner Familie auszulassen, was seine Frau unglücklich machte und die Kinder mit Angst erfüllte. Aber an diesem Nachmittag hatte ein Bauer ein Pferd zum Beschlagen gebracht und leichthin gescherzt, dass sie nun den Krüppel zumindest nicht für den Schnee verantwortlich machen könnten, der gerade zu fallen begann, woraufhin Hans beschloss, den Gefühlen, die ihn quälten, ein Ende zu machen. Er schickte seinen Sohn mit Botschaften für Vislav und Lobvic aus und wartete nun darauf, dass sie, seiner Aufforderung folgend, zu ihm kämen.

Beide trafen auch zusammen bei ihm ein. Als er ihr Klopfen hörte, sprang er rasch auf, um die Tür zu öffnen. Sie standen bis zu den Knöcheln in Schnee, und er machte ihnen ein Zeichen hereinzukommen und schloss die Tür hinter ihnen, denn die kalte Luft von draußen zog durch den raucherfüllten Raum.

«Eine schlimme Nacht, Nachbar», murmelte Vislav, schüttelte sich den Schnee von seinem Umhang aus Sackleinen und stampfte mit den Füßen auf den Boden.

«Wärmt euch am Feuer», antwortete Hans mit raubeiniger Gastfreundschaft.

Nachdem sie der Frau des Schmieds kurz zugenickt hatten, ließen sich die beiden Besucher auf den Hockern nieder, die schon für sie bereitstanden, und hielten ihre Hände ans Feuer. Die Kinder, die auf dem Boden saßen, beobachteten sie schweigend.

Hans goss drei Schlucke Roggenschnaps in kleine, irdene Becher und reichte sie weiter. «Dafür, dass ihr euch bei solch einem Wetter auf den Weg gemacht habt», sagte er.

«Dein Sohn hat gesagt, es sei dringend», bemerkte Vislav widerwillig.

«Das ist es auch.»

«Für jeden würden wir's nicht tun», sagte Lobvic und zog die Nase hoch.

Der Schmied brummte etwas. Eine Weile tranken sie schweigend aus ihren Bechern. Doch dann brach es plötzlich aus ihm hervor: «Wir stehen jetzt vor den anderen als Narren da.»

Die anderen sahen ihn überrascht an.

«Was meinst du damit, Hans?», fragte Vislav argwöhnisch.

«Der Müller war es. Er steckt dahinter.»

Als Petr erwähnt wurde, rückten die anderen unbehaglich auf ihren Sitzen hin und her.

«Was meinst du damit, Hans?», wiederholte der schmächtige Zimmermann.

«Es kommt mir vor, als hätte es manchen sehr gut in den Kram gepasst, dass der Krüppel damals weggeholt wurde.»

Lobvic bekreuzigte sich und schien nachzudenken.

«Worauf willst du hinaus?», fragte Vislav ziemlich verwirrt.

«Es ist ganz einfach. Die Geschichte von dem fliegenden Wesen hat einigen Leuten eine Menge Ärger erspart.»

Lobvic bekreuzigte sich rasch ein zweites Mal.

«Willst du damit sagen, dass sie nicht wahr ist?», fragte er vorsichtig.

«Ich meine nur, dass wir nicht sicher wissen, ob sie wahr ist.»

«Aber wenn das Kind nicht vom Teufel geholt wurde, wo ist es dann?», fragte Vislav mit einem Stirnrunzeln.

«In einem Versteck natürlich.»

Diese neue Möglichkeit ließ die Besucher für eine Weile in Schweigen versinken. Dann schüttelte der Zimmermann, der etwas mehr Verstand hatte als sein Kumpan, den Kopf und zog die Nase hoch.

«Aber der Holzfäller war nicht bei der Versammlung», sagte er. «Und seine Frau auch nicht. Wie konnten sie wissen, was wir vorhatten?»

«Das ist es ja! Wie konnten sie das wissen? Ich werde es euch sagen, Freunde.»

Hans beugte sich nach vorn und gab sich den Anschein von jemandem, der gleich ein großes Geheimnis enthüllen wird. «Sie wussten es, weil es ihnen jemand verraten hat.»

«Verraten?», fragte Vislav und versuchte zu verstehen. «Aber wer?»

«Denk doch nach, Mann. Erinnere dich an die Versammlung. Wer hat uns denn damals daran gehindert, das Kind zu holen? Wer brachte uns dazu, auf die Burg zu gehen, und weigerte sich mitzukommen?»

Es war so offensichtlich, wie die Antwort lautete, dass sie kaum ausgesprochen werden musste. Aber …

«Petr!», rief Vislav triumphierend aus.

«Petr», sagte Lobvic nachdenklich und kratzte sich an seiner langen Nase.

«Petr», knurrte Hans. «Er muss es gewesen sein. Niemand sonst hätte das gewagt. Und das ist noch nicht alles.» Die anderen sahen ihn erwartungsvoll an. «Ich glaube, dass er den Holzfäller auf die ganze Geschichte gebracht hat. Dieser Tölpel wäre doch gar nicht schlau genug, um sich so etwas selbst auszudenken.»

«Vielleicht war es seine Frau», sagte der Zimmermann, der schon immer ein Auge auf Marta gehabt hatte.

«Ich sage euch, es war kein anderer als der Müller.»

«Du hast Recht, Nachbar», erklärte Vislav entschieden. «Wir sind zum Narren gehalten worden, und der Müller ist an allem schuld.» Sein derbes Gesicht lief rot an vor Wut. «Dem würde ich's gerne zeigen.»

«Das kannst du vielleicht auch», antwortete der Schmied.

«Wie denn das?»

«Ganz einfach. Auch ein Kind des Teufels muss essen. Wir finden heraus, wann sie ihm etwas zu essen bringen, und folgen ihnen dann. Sobald wir wissen, wo der Krüppel versteckt ist, gehen wir zum Grafen.»

«Leichter gesagt als getan», schniefte Lobvic.

«Ich sag dir, es ist ganz einfach.» Hans grinste den Zimmermann an. «Du kennst den Holzfäller am besten. Freunde dich mit ihm an. Sag, dass dir das Kind Leid tut. Glaub mir, es dauert nicht lang, und er verrät sich.»

«Und wenn er mir nichts sagt?»

«Dann hast du eben einen neuen Freund gewonnen.»

Vislav lachte schallend, als er das widerwillig verzogene Gesicht des Zimmermanns sah.

«Aber was ist, wenn Lobvic Recht hat? Was ist, wenn er nichts herausfindet?»

«Dann geht die Welt auch nicht unter. Ihr dürft nicht vergessen, dass uns nicht der Krüppel zum Narren gehalten hat, sondern der Müller. Und es gibt noch eine andere Möglichkeit, wie wir ihm beikommen können.»

«Welche?»

«Indem wir Gerüchte über ihn verbreiten. Wir sagen einfach, er sei unehrlich. Er darf nicht mehr Dorfvorsteher sein.»

«Und wenn sie es nicht glauben?»

«Wenn du am Hungertuch nagst, mein Freund, dann glaubst du alles.»

Kapitel 8

«Juchuuuu!», kreischte Stephan, während er, Arme und Beine in die Luft gestreckt, einen steilen, schneebedeckten Abhang hinunterrutschte. Hinter ihm bemühte sich der Hase darum, in seiner Bahn zu bleiben.

Als er die Hälfte des Abhangs zurückgelegt hatte, gab der Knabe ausgelassen alle Versuche auf, die Kontrolle zu behalten, und ließ sich kopfüber hinunterrollen, wobei er solch eine Schneewolke aufstieben ließ, dass dem kleinen Tier nichts anderes übrig blieb, als sich zu einem kleinen Ball aus Fell zusammenzuducken und blindlings den Abhang hinterherzukullern, bis es zusammen mit dem Knaben als atemloses Häufchen in einer Schneewehe am unteren Ende landete.

Lachend und keuchend blies sich Stephan den Schnee aus dem Gesicht und watete aus der Schneewehe heraus, während sich der Hase die Flocken vom Fell schüttelte. Unverzüglich und eifrig begann der Knabe wieder, den Abhang hinaufzuklettern, während ihm sein kleiner Freund munter voraushüpfte.

Es war einer jener seltenen sonnigen Wintertage, an dem jeder Felsvorsprung und jede Gletscherspalte mit blendend hellem Schnee bedeckt war und über allem ein enzianblauer Himmel leuchtete. Endlich einmal waren auch die höchsten Bergspitzen sichtbar – ihre Umrisse hoben sich weiß gegen das Blau des Himmels ab.

Als Stephan oben angekommen war, lief ihm der Schweiß über das Gesicht. Er wischte ihn mit einer achtlosen Armbewegung ab. Durch sein Leben in den Bergen, wo er bei jedem

Wetter im Freien war, hatte er eine gegerbte Haut von der Farbe einer reifen Kastanie bekommen. Sein Haar war eine wirre, goldfarbene Mähne, und als er so da stand, die Hände in die Hüften gestützt, in zerrissenen, schmutzigen Kleidern, hatte er etwas Verwegenes und Selbstvergessenes an sich, er war ganz das wilde Geschöpf, dessen Leben er jetzt führte.

Seine braunen Augen überflogen rasch den Ausblick, der sich ihm darbot. Die Bäume des Waldes waren mit Schnee beladen, und er ahnte nicht, dass die dunklen Flecken dort in der Ferne auf dem weißen Tuch der Ebene die Burg von Bletz und das Dorf waren. Sie sagten ihm nichts, sie erweckten keinerlei Neugier in ihm. Er kam mit der menschlichen Welt nur durch die erschreckende Gestalt in Berührung, die ihm in regelmäßigen Abständen Nahrung in die Höhle legte und vor der er immer hastig in sein Versteck flüchtete. Ahnungslos hatte er seinen Vater jede Woche bitter enttäuscht wieder gehen lassen mit dem einzigen Trost, dass die letzte Essensration aufgebraucht worden war und sein Sohn also noch lebte.

Stephan setzte sich auf den Boden und stieß sich ab. Wieder kreischte er vor Vergnügen, als er immer schneller rutschte und kopfüber in die Schneewehe am Fuße des Abhangs stürzte. Übermütig lachend, schüttelte er sich den Schnee vom Gesicht und von den Haaren und sah sich nach dem Hasen um, denn er glaubte sicher, er sei ihm gefolgt. Doch das schlaue kleine Tier saß noch oben und wartete, bis sich der aufgewirbelte Schnee gelegt hatte.

Bis zu den Knien im Schnee stehend, pfiff er der kecken weißen Gestalt am oberen Ende des Abhangs aufgeregt zu. Das Tier setzte sich vorsichtig zurecht, stieß sich leicht mit den Hinterfüßen ab und rutschte in gleichmäßiger Fahrt bergabwärts.

Sie waren so in ihr unschuldiges Vergnügen versunken, dass

keiner von beiden bemerkte, wie zwei dunkle, raubgierige Augen sie beobachteten. In einigen hundert Fuß Höhe schwebte in einem Meer von Blau ein riesiger Adler über ihnen, der stärker war und weiter und schneller fliegen konnte als jeder andere Vogel in den Bergen, und beobachtete den Hasen. Die Bewegung auf dem Abhang – ein dunkler Schatten im Schnee – hatte seine Blicke angezogen, und er beobachtete nun mit kühler Distanz, wie schnell sich der Schatten bewegte.

Am unteren Ende des Abhangs feuerte Stephan seinen Gefährten mit Pfiffen an. Hoch oben schwang sich der mächtige Adler mit einer trägen Bewegung herum und begann mit geballter Kraft seinen tödlichen Sturzflug.

Der Junge kniete im Schnee und streckte unter glücklichem Glucksen seine Arme aus, um das kleine Tier, das gerade auf ihn zugeglitten kam, aufzufangen. Der Vogel, immer noch in großer Höhe, sauste so schnell durch die Luft, dass sein Körper einen hohen, sirrenden Ton erzeugte. Die Schwingen flach an den Körper gepresst, Kopf und Hals nach vorne gereckt, raste er auf die Erde zu.

Nur noch zwei Meter trennten den Hasen und Stephans ausgestreckte Arme, als die beiden das Geräusch am Himmel hörten. Der Knabe kam durch den plötzlichen Windstoß aus dem Gleichgewicht. Das Tier, das den Angriff einer Wildkatze überlebt hatte, konnte den ausgestreckten Riesenfängen nicht mehr entgehen. Sein Ende war rasch und unvermeidlich.

Stephan schrie den gewaltigen Vogel an, er warf sich mit wild dreinschlagenden Fäusten auf ihn, doch der Vogel schüttelte ihn mit einem beiläufigen Flügelschlag ab. Stephan versuchte, wieder auf die Füße zu kommen, und stürzte sich mit tränenüberströmtem Gesicht ein zweites Mal auf den Räuber – nur um wieder mit grausamer Gleichgültigkeit weggefegt zu werden. Noch einmal stürzte er sich auf den Vogel und versuchte, nach dem kleinen Geschöpf zu greifen, das tot unter seinen Krallen lag. Mit einem ärgerlichen Kreischen und einer verächtlichen Bewegung seiner Flügel schlug der Adler Stephan bewusstlos.

Stephan tauchte aus der dunklen Leere der Bewusstlosigkeit mit dem unangenehmen Gefühl auf, dass ihm der Wind und das Haar ins Gesicht schlugen. Sogleich spürte er, dass er fiel, und versuchte instinktiv, sich festzuhalten. Doch es war nichts Greifbares da. Der Druck um seine Körpermitte, den er zunächst nur undeutlich als unerklärliche Enge empfunden hatte, wurde jetzt so fest und schmerzhaft, dass er nach Atem ringen musste. Ruckartig kam er zu vollem Bewusstsein, öffnete die Augen und schrie, als er wieder deutlich sehen konnte, erschrocken auf, denn er glaubte, tief unter sich Felsen und Klüfte und eine steile Felswand zu sehen, die so schnell unter ihm vorbeirasten, dass sie ihm vor den Augen verschwammen. Voller Entsetzen schlug er um sich und wand sich in dem harten Griff, der ihn umklammerte – da sah er unmittelbar über seinem Kopf einen braungefiederten Körper und zwei riesige, ausgestreckte Schwingen, die reglos waren bis auf die äußersten Spitzen, die im Wind flatterten.

Mit einem Schlag begriff er voller Entsetzen, dass er in der Luft hing, das Gesicht nach unten, getragen von dem riesigen Vogel – und dass es abwärts ging. Das war an den auf ihn zurasenden Felsen zu erkennen. Er schlug wie wild um sich und schrie, und sein einziger Gedanke war, den Fängen, die ihn umklammerten, zu entrinnen. Doch der Adler beachtete ihn gar nicht und schwang sich weiter nach unten.

Plötzlich begannen sich die mächtigen Schwingen mit einem gewaltigen Geräusch zu bewegen, um die Geschwindigkeit des Sturzflugs zu steuern. Dann glitten sie sanft neben einer Felswand nach unten, und wenige Augenblicke später lockerten die

Fänge unversehens ihre Umklammerung. Stephan fiel schwer und hilflos auf einen Haufen aus getrocknetem Heidekraut und Zweigen.

Er war nicht mehr als zwei Fuß tief gefallen, und es war so unerwartet geschehen, dass Stephan keine Zeit mehr hatte aufzuschreien. Erst als er in tiefem Schock im Horst des Adlers zusammengekauert dalag, begann er, vor Angst zu schreien. Ungerührt schüttelte der Adler in aller Ruhe seine Federn zurecht.

Es dauerte lange, bis Stephan genug Kraft hatte, den Kopf zu heben und sich umzusehen. Zu seinem Entsetzen sah er, dass er sich auf einem schmalen Felsvorsprung befand, hinter sich eine drohende Felswand und vor sich den Abgrund. Der faulige Gestank verwesender Beutereste des Adlers machte ihn würgen. Getrieben von dem blinden Drang zu entfliehen, richtete er sich halb auf und taumelte auf die Felskante zu. Sofort regte sich der Adler, stieß einen gellenden Schrei aus und schlug mit den Flügeln, um ihn zurückzuhalten. Stephan wehrte sich mit aller Kraft gegen ihn, aber er kam nicht gegen die unbarmherzigen Schwingen an; schließlich gab er auf und brach weinend im Horst zusammen.

Im Lauf des Tages veränderte sich das Wetter allmählich, und am späten Nachmittag blies ein scharfer Wind über das Felssims, während der Himmel mit Wolken überzogen war. Der Knabe wimmerte kläglich vor Kälte und vor Kummer über den Verlust des Hasen. Er versuchte, sich fest in seine zerrissenen Kleider zu wickeln und sehnte sich verzweifelt nach der Wärme und dem Schutz seiner Höhle.

Der Adler betrachtete ihn prüfend mit strengen, unnachgiebigen Blicken. Dann näherte er sich langsam auf dem Felsband und gab harte, kreischende Laute von sich. Der Knabe wich angstvoll zurück. Doch der Vogel hatte nicht vor, sich zu rächen. Er streckte einen Flügel aus und umhüllte ihn warm mit seinen Federn. Es war keine freundliche Geste im menschlichen Sinn, sondern entsprang der praktischen Notwendigkeit, als sage ein Instinkt dem Vogel, dass dieses kleine Wesen Schutz brauche, wenn es die Nacht an diesem ausgesetzten Ort überleben sollte.

Mit stolz aufgerichtetem Kopf und weit geöffnetem Schnabel stieß der Adler einen betäubenden Schrei aus, der den Jungen erzittern ließ. Er wusste nicht, dass der Vogel den anderen Geschöpfen der Berge mitteilen wollte, dass das Kind ihm gehörte – ihm allein.

Kapitel 9

Dunkelheit überzog die Berge, und die schweren Felsen lösten sich im Ungreifbaren auf. Nur das Gestein unter Stephans Körper fühlte sich fest und sicher an, alles Übrige war schwarze Leere.

Lange Zeit lag er zusammengekauert unter der Schwinge des Adlers und wagte vor Angst nicht, sich zu regen. Wind peitschte gegen die Felswand und schien ihren Halt so zu gefährden, dass Stephan jedes Mal, wenn der Körper des Vogels von einem Windstoß geschüttelt wurde, sicher war, sie würden von dem Vorsprung geweht werden und die Felsen hinabstürzen. Doch wie ein tapferer Seemann, der Wache hält, trotzte der Adler unerschütterlich Wind und Schneeschauern und wich nicht von seinem hohen Sitz. Während die Stunden vergingen, ließ Stephans schreckliche Angst allmählich nach. Trotz allem, was geschehen war, begann er Dankbarkeit zu spüren für die Wärme, die der Körper des Adlers ihm spendete, für seine Kraft und seinen unbeugsamen Willen. In den frühen Morgenstunden fiel er in einen unruhigen Schlaf.

Als die ersten grauen Streifen der Morgendämmerung sichtbar wurden, ließ der Wind nach. Der Adler lockerte zum ersten Mal seine angespannten Muskeln und schüttelte sich den Schnee von den Federn. Er hob seine Schwinge und betrachtete aufmerksam die kleine Gestalt, die in seinem Nest zusammengekauert lag. Stephan bewegte sich, erwachte aber nicht. Der Vogel gab einen ungeduldigen Schrei von sich, legte seinen Flügel an und hüpfte ein kleines Stück davon. Stephan erwachte mit einem Ruck, erinnerte sich, wo er war, und schrie erschrocken auf. Der Adler putzte sich die Federn, ungerührt von den Protestschreien, die aus dem Nest kamen.

Vor Kälte zitternd, die Knie an die Brust gepresst, starrte Stephan mit einem Gefühl der Trostlosigkeit in den gähnenden Abgrund, als eine plötzliche wunderbare Verwandlung des Bildes, das sich ihm darbot, ihn seine elende Lage vergessen ließ. Die Sonne war gerade hinter dem Berggipfel emporgestiegen und überflutete die Landschaft mit goldenen Lichtstrahlen. Der Nebel, der unter ihm über den Hängen lag, leuchtete in allen Regenbogenfarben auf. Es war, als sähe man die Erschaffung der Welt.

Einige Minuten lang war Stephan ganz gebannt von diesem gewaltigen Drama. Dann sah er zu dem Adler hin, und ein anderer Ehrfurcht gebietender Anblick bot sich ihm dar. Aufleuchtend in einem Strahl der Sonne, die Schwingen wie einen reichen Mantel aus Federn um den Körper gelegt und der stolze Hals gekrönt von einem goldfarbenen Haupt, stand der mächtige Vogel da wie ein unumschränkter Herrscher, der über sein Reich blickt.

Der Adler spürte, dass der Junge ihn ansah, und maß ihn mit einem gebieterischen Blick. Mit einem plötzlichen Schrei hüpfte er von dem Felssims und ließ sich leicht durch die Luft gleiten. Stephan sprang sofort auf und versuchte, ihn mit seinen Rufen zurückzuholen. Der Vogel gab ein unmutiges Kreischen von sich, senkte jedoch einen Flügel und kam in einem Bogen zurück, wobei er so nah an dem Jungen vorbeiflog, dass die Spitze einer Schwinge sein Gesicht streifte und Stephan zum Horst zurückwankte. Bleib da!, schrie der Adler, ohne seinen Flug zu unterbrechen, und schwebte mit gemessenen Flügelschlägen über die Berge davon.

Wie an die Klippen gefesselt, beobachtete Stephan den Vogel, bis er nur noch ein kleiner, dunkler Punkt war, der schließlich in der Ferne verschwand. Achtlos trat er mit seinem gesunden Fuß gegen einen losen Stein, der geräuschlos in den Abgrund fiel. Er fühlte sich sehr allein, sehr schutzlos – und er fror.

Er hatte sich wieder in den Horst gekauert, als er eine Weile danach das Schlagen von Flügeln über sich hörte. Er schaute auf und sah, wie der Adler in kreisenden Bewegungen auf ihn zuflog und kurz darauf geschickt auf dem Felssims landete. In seinem Schnabel hing der schlaffe Körper einer toten Wühlmaus. Er sah, wie der Vogel das tote Tier mit seinen Fängen festhielt und sein Fell mit dem Schnabel aufriss. Dann kam er mit einem Bissen Fleisch im Schnabel auf ihn zu. Stephan wich entsetzt zurück.

Erstaunt kam der Vogel noch näher und stieß seltsam knarrende, kurze Laute aus. Stephan schrie empört auf, wandte sich ab und machte abwehrende Bewegungen mit den Armen. Doch der Vogel kam immer näher und presste ihm schließlich das Fleischstück ins Gesicht. Verzweifelt rappelte er sich auf und tastete sich auf dem Sims entlang, während der Adler ihn verfolgte.

Plötzlich, bei einem Schritt nach hinten, trat sein Fuß ins Leere. Er versuchte, sich an den Felsen festzuklammern, aber es war zu spät. Der Adler warf sich blitzartig in die Luft und stürzte dem Jungen hinterher in die Tiefe.

Mit geöffneten Fängen versuchte er, nach dem fallenden Körper zu greifen, zerriss dabei aber nur die Kleider des Jungen. Mit heftig schlagenden Flügeln versuchte er den Jungen einzuholen, der wie ein Stein nach unten fiel. Wieder und wieder packten die Fänge zu. Schließlich hielten sie die Hüfte des Jungen umklammert. Jetzt versuchte der Vogel, heftig flügelschlagend, sich zu fangen. Doch das Gewicht des Fallenden riss ihn mit, und beide stürzten in einem steilen Bogen hinunter und spürten die pfeifende Luft in den Gesichtern.

Die Felsen rasten immer noch auf sie zu, aber der Adler kämpfte darum, wieder die Oberhand zu gewinnen. Am tiefsten Punkt des Bogens spannte er den Rücken. Mit kräftigen Flügelschlägen hielt er den Sturz auf und schwang sich wieder aufwärts. Der plötzliche Richtungswechsel ließ Stephans Blut vom Kopf in den Magen sausen, und er verlor fast das Bewusstsein.

Das alles war mit solcher Schnelligkeit vor sich gegangen, dass er keine Zeit zum Atmen gehabt hatte, doch als sie weiter aufstiegen und er glücklich erkannte, dass die Gefahr vorüber war, schnappte er nach Luft und stieß einen Schrei aus, dessen Echo von den Felsen widerhallte. Es grenzte an ein Wunder; in einem Augenblick von der Schwerkraft in den sicheren Tod gerissen und im nächsten Augenblick emporgehoben und in Sicherheit gebracht durch die unfassbare Stärke des Adlers.

Sie stiegen allmählich immer weniger steil auf, und bald schon glitten sie in einem weiten Bogen dahin. Stephan zitterte heftig – eine unwillkürliche Reaktion auf seinen Fall –, doch das machte ihm wenig aus angesichts der Freude, die er dabei empfand, durch die Luft zu gleiten, der Schwerkraft trotzend. Es war, als befände er sich plötzlich in einem vollkommenen Traum. Alles ging so glatt, so ruhig, so anmutig und mühelos vor sich.

In seinem Rausch bemerkte Stephan kaum, dass der Adler schon über dem Felsvorsprung schwebte. Doch als er in den stachligen Horst fiel, wurde er durch den plötzlichen, schmerzhaften Aufprall in die Wirklichkeit zurückgeholt.

Der Vogel gab ein missbilligendes Kreischen von sich und schüttelte ungerührt seine Federn zurecht. Stephan begann zu weinen. Hör auf!, krächzte der Vogel so unnahbar und streng wie immer. Der Junge biss sich auf die Lippen und versuchte seine Tränen zurückzuhalten.

Eine ganze Weile verharrten beide reglos. Nachdem er seinen Gefangenen gerettet hatte, schien der Vogel alles Interesse an ihm verloren zu haben. Das verwirrte und enttäuschte Stephan, dem gerade eine Welt gezeigt worden war, von deren Existenz er nie etwas gewusst hatte – eine Welt, in der er nicht mehr behindert war durch das Gewicht seines Klumpfußes und durch sein kürzeres Bein, die ihn zwangen, selbst beim langsamen Gehen hin und her zu schwanken und den Körper zu verdrehen. Diese kurzen, berauschenden Augenblicke des Fluges waren wie das Abfallen der Ketten von einem Gefesselten.

Er wusste nun, was es bedeutete, ein ungebundener Geist der Lüfte zu sein – und nichts konnte sich damit messen.

Unruhig sah er zu dem Adler hinüber, der im blassen Sonnenlicht vor sich hin döste, jetzt keine majestätische Gestalt mehr, sondern nur noch ein unordentliches Durcheinander zerzauster Federn. Mit der Schüchternheit eines Kindes, das allen Mut zusammennimmt, um einen hoheitsvollen Vater anzusprechen, versuchte Stephan, ein vorsichtiges Krächzen von sich zu geben. Der Vogel öffnete ein Auge und sah ihn mit neu erwachtem Interesse an. Stephan krächzte noch einmal, nun schon etwas mutiger; da hob sich der stolze Adlerkopf ein wenig, als geruhe er, das Lob anzunehmen.

Ermutigt setzte sich Stephan aufrecht hin und warf seinen Kopf mit einer trotzigen Bewegung zurück. Mit übereinander geschlagenen Beinen und gekreuzten Armen betrachtete er ruhig, wie Licht und Schatten abwechselnd über die Berghänge dahinzogen.

Kapitel 10

Das unerwartete Klopfen an der Tür ließ Josef und Marta zusammenfahren. Sie waren gerade mitten in den Vorbereitungen für einen Gang zur Höhle – Josef umwickelte seine Beine mit Stroh, und Marta buk in einer flachen, großen Pfanne auf dem Feuer kleine Roggenbrote. Sie sahen einander beunruhigt an, und dann gab der Holzfäller seiner Frau hastige Zeichen, damit sie die Vorräte, die zum Einpacken bereit auf dem Tisch lagen, wegräume, während er das umherliegende Stroh aufhob und es in eine Ecke warf. Marta deutete ängstlich auf die Pfanne. Mit einem hilflosen Schulterzucken schüttelte Josef den Kopf. Er sah sich mit einem raschen Blick in der Kammer um und ging dann zur Tür, um sie zu öffnen.

«Ich hab schon geglaubt, es wäre niemand da», sagte der Besucher mit einem gekünstelten Grinsen.

Josef erschrak, als er den Zimmermann vor sich stehen sah.

«Ich wollte mal sehen, wie es euch geht», fuhr der Mann fort, versuchte an dem Holzfäller vorbeizusehen und sog recht unverhohlen die Düfte ein, die aus dem Inneren des Hauses drangen. «Deine Frau kocht wohl?», fragte er.

«Für Weihnachten», brummte Josef.

«Sie war schon immer eine gute Hausfrau», sagte Lobvic, machte einen Schritt nach vorn und zwang Josef, ihm entweder den Weg freizugeben oder absichtlich unhöflich zu sein.

«Guten Tag, Marta», sagte der Mann und schlenderte in die Kammer.

«Guten Tag, Lobvic», antwortete sie nervös.

«Fleißig, wie ich sehe», sagte er und begutachtete neugierig den Inhalt der Pfanne. «Das sind ja genug Brote für zwei Familien.»

«Mein Mann hat einen kräftigen Appetit», sagte sie.

«Den hätt ich auch gern. Aber es ist vielleicht besser, ich hab ihn nicht – bei so vielen Kindern.»

Das Paar lachte pflichtschuldig. Die Art, wie der Mann seine Blicke blitzschnell durch die Kammer gleiten ließ, erfüllte sie beide mit Unbehagen.

«Ich bin wohl gerade rechtzeitig gekommen», sagte der Besucher mit einer Kopfbewegung zu Josefs strohumwickelten Beinen.

«Ein Baum ist umgestürzt. Ich muss ihn abästen», murmelte Josef.

Der Besucher schniefte und wandte sich an Marta. «Und wie geht es Euch, gute Frau? Wir sehen Euch so selten im Dorf – außer bei der Morgenmesse.»

«Wir führen ein sehr zurückgezogenes Leben», antwortete sie mit gedämpfter Stimme.

«Natürlich, natürlich. Ist ja verständlich. Nun, ich will Euch nicht vom Kochen abhalten und Euch, Nachbar, nicht von Eurer Arbeit – oder braucht Ihr Hilfe?»

Josef versuchte sich nicht anmerken zu lassen, dass er aus der Fassung gebracht war. «Hm – nein», sagte er und suchte nach einer Ausrede. «Es ist ziemlich weit von hier, und der Baum ist in Dornensträucher gefallen.»

«Na dann ...», nickte der Zimmermann. «Und ich muss zurück nach Hause. Die Familie wartet.»

«Natürlich», pflichtete ihm Josef bei.

Der Besucher wandte sich zur Tür. «Gott mit Euch, Marta», sagte er scheinheilig.

«Und mit Euch, Herr Nachbar.»

«Und vergesst nicht, wenn euer Mann nicht das ganze Brot da isst – ich habe zu Hause sieben hungrige Münder.»

«Du meine Güte», sagte Marta mit gespielter Überraschung.

Lobvic lachte in sich hinein und schlenderte mit aufreizender Langsamkeit zur Tür, die ihm Josef geöffnet hatte.

«Gott mit Euch, Nachbar», sagte er und ging endlich hinaus.

«Gott mit Euch», antwortete Josef mit einem bemühten Lächeln.

Mit einem flüchtigen Winken stapfte der Besucher davon, verfolgt von den argwöhnischen Blicken des Holzfällers, der in der Tür stehen blieb, bis der Zimmermann hinter den Eichen verschwunden war. Dann schloss er die Tür mit einem Knall.

«Was wollte er?», fragte Marta ängstlich.

Josef schüttelte den Kopf.

«Sei vorsichtig, Mann. Vielleicht solltest du heute zu Hause bleiben.»

«Und unseren Sohn umsonst auf das Essen warten lassen? Von *dem* da lass ich mich nicht abhalten.»

Seine Entschlossenheit war begreiflich. Doch wenn er über den ungebetenen Besuch des Zimmermanns nicht so zornig gewesen wäre, hätte er wohl nach kurzer Überlegung auf den Gedanken kommen können, dass sein Aufbruch von Lobvic beobachtet würde – und das war auch so.

Als er die Tür zuschlagen hörte, ging der Zimmermann rasch ein paar Schritte zurück, versteckte sich hinter einem großen Eichenstumpf und wurde kurz darauf belohnt, denn er sah, dass Josef seine Hütte verließ, dick in Sackleinen gehüllt, auf dem Rücken ein verräterisches Bündel. In seiner Genugtuung über die Entdeckung hielt Lobvic sich nicht damit auf, dem Holzfäller nachzugehen, sondern lief zurück nach Bletz, um Hans die Neuigkeit zu überbringen.

Nach dem Abendgottesdienst verlor der Schmied keine Zeit,

die Nachricht zu seinem Vorteil zu nutzen. Er wartete im dunklen, hinteren Teil der Kirche, bis die anderen nach und nach hinausgegangen waren, und näherte sich dann langsam dem Priester, der im Licht zweier großer Kerzen den Altar ordnete.

«Pater, ich muss mit Euch sprechen», sagte er. Der Priester schreckte sichtlich zusammen und fuhr herum, um zu sehen, wer ihn angesprochen hatte. Als er Hans an den Altarschranken bemerkte, richtete er sich auf und sagte mit einer abweisenden Handbewegung: «Ein anderes Mal.»

«Ich meine, Ihr solltet Euch anhören, was ich zu sagen habe – jetzt gleich», knurrte der Schmied.

Pater Vilem zögerte. Dann sagte er mit einem herablassenden Seufzen: «Nun gut. Wenn es dringend ist.»

Hans grinste. «Der Holzfäller bringt dem Krüppel zu essen», verkündete er ohne Umschweife.

Als vollendeter Meister in der Kunst der Verstellung nahm Pater Vilem die Nachricht zur Kenntnis, ohne mit der Wimper zu zucken.

«Holzfäller? Krüppel? Wovon sprichst du überhaupt?»

«Ihr wisst sehr genau, wovon ich spreche. Von dem Kind des Teufels.»

«Woher weißt du das?», fragte der Priester mit einer Beiläufigkeit, die sogar Hans bewundern musste.

«Damit würde ich zu viel verraten, meint Ihr nicht?»

«Dann kannst du kaum erwarten, dass ich dir glaube», gab Pater Vilem zurück, wandte dem Schmied entschieden den Rücken zu und nahm seine Tätigkeit am Altar wieder auf.

Das verfehlte seine Wirkung auf Hans nicht; er geriet für einen Augenblick beinahe ins Wanken und verfluchte insgeheim den Zimmermann dafür, dass er keine besseren Beweise mitgebracht hatte.

«Ich denke, der Herr von Bletz wird es glauben», sagte er kampflustig und wandte sich zum Ausgang.

«Warte!»

Hans verlangsamte zögernd seine Schritte.

«Warum erzählst du mir das?»

Jetzt war es an dem Schmied, unschuldig dreinzuschauen. «Ich dachte, es würde Euch interessieren. Schließlich habt Ihr dem Holzfäller ja zugestimmt. Ihr wisst, diese Geschichte von dem fliegenden Wesen, das das Kind wegtrug. Der Teufel, sagtet Ihr, glaube ich. Es scheint, Ihr habt euch getäuscht.»

Pater Vilem sah Hans hochmütig grinsen, und es misslang ihm zum ersten Mal, sich nicht durch eine gewisse Anspannung in seiner Stimme zu verraten.

«Wer weiß sonst noch davon?», fragte er scharf.

Der Schmied ließ sich Zeit mit der Antwort und schlenderte zurück zum Altar.

«Wer weiß sonst noch davon?», wiederholte der Priester.

Hans hob die Schultern. «Nur ich und der Mann, der es mir erzählt hat», sagte er.

«Und es darf auch niemand anders erfahren. Das befehle ich dir als dein Priester.»

Hans dachte einen Augenblick nach und brach dann in lautes Gelächter aus.

«Das wird sich nicht machen lassen, Pater. Das wird sich leider nicht machen lassen.»

«Was soll das heißen, es wird sich nicht machen lassen?» Im flackernden Licht der Kerzen sah man auf Pater Vilems fleckigem Gesicht Schweißperlen glänzen.

«Ich bin ein ehrlicher Mann, Pater, und kann ein Geheimnis bewahren. Aber ich kann ja schließlich nicht für den anderen Mann sprechen!»

«Dann lass mich selbst mit ihm reden.»

«Das kann ich nicht tun, Pater. Ich habe versprochen, dass ich seinen Namen nicht verraten will, und ich kann ein Versprechen nicht brechen. Seht, angenommen, ich hätte in Bletz etwas zu sagen, dann könnte ich ihn zum Schweigen bringen. Was ich brauche, ist – wie soll ich es ausdrücken? – mehr Autorität.»

Pater Vilem betrachtete den Schmied schweigend. Dann begann sein dicker Bauch unter seinem schwarzen Gewand zu wackeln, und er brach in schallendes Gelächter aus.

«Du bist nicht nur ein Schurke, Schmied, du bist ein ehrgeiziger Schurke.»

«Ich wusste, Ihr würdet mich verstehen.»

Ohne weitere Umstände stieg der Priester die Altarstufen hinunter und watschelte zu dem hölzernen Pult, auf dem eine große Bibel angekettet lag.

«Ich werde dir helfen», sagte er entschlossen, «unter drei Bedingungen: Erstens wirst du auf dieses Heilige Buch schwören, dass das wahr ist, was du mir gesagt hast. Zweitens wirst du vor dem allmächtigen Gott schwören, dass du mit niemand anderem darüber sprichst …»

«Wartet ….», begann Hans.

«Und drittens», fuhr der Priester fort, die Unterbrechung übergehend, «wirst du mir mit der Hand auf diesem Buch den Namen deines Informanten sagen.»

Hans sah den Priester finster an und rieb sich den Mund mit der Rückseite seiner geballten Faust.

«Wie kann ich wissen, ob ihr mir helfen werdet?», fragte er misstrauisch.

«Du musst mir einfach vertrauen», antwortete der Priester gelassen. «Einverstanden?»

Hans nickte grimmig und trat zu Pater Vilem, der seine Hand packte und sie fest auf die Bibel drückte, bevor er es sich anders überlegen konnte.

«Ich schwöre bei diesem Heiligen Buch», begann der Priester ohne Umschweife.

«Ich schwöre bei diesem Heiligen Buch», hörte der Schmied sich wiederholen, während seine Gedanken schon in die Zukunft vorauseilten.

Kapitel 11

Der Felsvorsprung lag schon im Schatten, als der Adler aus seinem gewohnten Halbschlaf erwachte. Er schüttelte die Federn und sah zu dem Jungen hinüber, der seinen Platz seit jenem Morgen nach seiner Ankunft, an dem er beinahe in den Tod gestürzt wäre, nicht mehr verlassen hatte. Er zitterte vor Kälte, aber er saß aufrecht da, entschlossen, keinen Klagelaut über seine Lippen kommen zu lassen. Das schien den Beifall des Vogels zu finden, in dessen dunklen Augen es zufrieden blitzte, während er sich dem Jungen näherte und an seinen Kleidern zupfte.

Stephan gab sich alle Mühe, ihm nicht auszuweichen, doch als der Adler einen ungeduldigen Schrei ausstieß, verbarg er sein Gesicht in den Händen. Er erschrak noch mehr, als der Vogel unvermittelt mit den Flügeln schlug und ihm leichtfüßig auf die Schultern hüpfte. Er spürte, wie die Fänge ihn fest unter den Armen packten, hörte wieder Flügelschlagen und wurde plötzlich aus dem Horst gehoben. Mit einem Aufschrei versuchte er, sich an irgendwelchen Zweigen festzuhalten. Dann hüpfte ihm plötzlich das Herz – nein, der Adler wollte ihm nichts antun, sondern er erfüllte seine tiefste Sehnsucht. Sie flogen wieder. *Sie flogen.*

Stephan jauchzte, als er so unter dem Adler schwebte, der kreisend nach Aufwind suchte. Doch dann tat er einen unerwarteten Blick nach unten, und der Mut sank ihm. Angstvoll griff er nach den Beinen des Vogels über sich. Doch die ärgerlichen Schreie, die darauf folgten, und das ungleichmäßige

Schlagen der Flügel ließen Stephan fürchten, er würde zurückkehren. Vorsichtig lockerte er seinen Griff, worüber der Vogel sich sofort befriedigt zeigte und mit starken Flügelschlägen in den Himmel hinaufstieg.

Während ihm das Herz bis zum Halse schlug, versuchte Stephan, sich auf den gleichmäßigen Rhythmus zu konzentrieren, in dem die riesigen Schwingen gehoben und gesenkt wurden. Nach einer Weile übertrug sich diese ruhige Bewegung auch auf seinen eigenen Körper, und er merkte, dass sein Atem sich dem Flügelschlag anzugleichen begann. Über dem Abgrund schwebend, vertraute sich Stephan dem Adler an, der sein Element beherrschte, und gab sich ganz den unendlichen Wundern dieses abendlichen Fluges hin.

Meile für Meile flogen sie über die Berge – einmal hinauf zu den Wolken, dann wieder in ein dunkles Tal hinabtauchend. Sie schossen über schneebedeckte Abhänge hin, so dicht über dem Boden, dass Stephans Füße den weichen Schnee aufstäuben ließen. Kreisend, gleitend, wirbelnd schwebten sie mit den wechselnden Winden dahin. Er lachte und schrie, er hielt den Atem an, wenn das Blut ihm in den Kopf stieg, und schnappte nach Luft, wenn es ihm mit einem plötzlichen Ruck wieder in den Bauch absank. Es war die aufregendste, unheimlichste Reise, die man sich vorstellen konnte.

Auf einem ihrer Sturzflüge sah Stephan einen Wasserfall über eine Felsklippe hinabrauschen und erkannte sofort, dass hier seine Höhle sein musste. Aufgeregt griff er nach einem Bein des Adlers und gab ihm zu verstehen, dass er etwas näher heranfliegen solle. Überraschenderweise senkte der Vogel gehorsam einen Flügel, und sie glitten über das Wasserbecken am Fuß der Klippe hin. Mit gischtnassem Gesicht drängte Stephan ihn, wieder aufzusteigen, woraufhin er widerstandslos in großen Bögen nach oben flog. Jetzt konnte Stephan die Höhle sehen, und als er dem Vogel zurief, er solle landen, lockerte der unvermittelt seinen Griff und ließ Stephan als atemloses Häufchen zu Boden fallen.

Noch ganz schwindlig von dem Flug, rappelte sich Stephan auf und hinkte zum Eingang der Höhle. Der Adler beobachtete seine Bewegungen mit strenger Aufmerksamkeit.

Im Halbdunkel des Höhleninneren sah Stephan die vertrauten Gegenstände auf dem Boden liegen – Decken, ein Schaffell und ein neues Bündel mit Nahrung. Beim Anblick des Essens überfiel ihn Heißhunger, und er zerrte an den Knoten, um das Bündel zu öffnen. Ein gebieterischer Schrei ließ ihn innehalten, und er wandte den Kopf zum Höhleneingang, wo der Adler erschien. Der Vogel stieß wieder einen Schrei aus und schlug ungeduldig mit den Flügeln. Doch Stephan hatte es nicht eilig, die Höhle zu verlassen – zumindest nicht, bevor er sich nicht satt gegessen hatte. Das ist mein Essen, gab er mit einem krächzenden Laut zu verstehen, griff nach einem Roggenlaib und biss herzhaft hinein. Das gefiel dem Adler gar nicht; er schüttelte seinen goldenen Kopf und kreischte: Komm!

Widerwillig warf Stephan den Rest des Brotes weg, um dem Ruf zu gehorchen. Dann erstarrte er. Sein Herz schlug rasch, und er starrte den Vogel mit offenem Mund an. Ganz plötzlich war ihm klar geworden, dass er nicht mehr Gefangener des Adlers war. Er musste sich nur hinten in der Höhle, außerhalb der Reichweite des Vogels, verstecken, und dann brauchte er nie wieder in das kalte Gefängnis hoch oben in den Felsen zurückzukehren. Er raffte hastig das Bündel mit Vorräten zusammen und hinkte davon, in die Dunkelheit.

Da stieß der Adler wütende Schreie aus, machte ein paar Schritte in die Höhle und schlug mit den Flügeln. Aber der Junge ließ sich nicht einschüchtern und kroch unter niedrigen

Felsen hindurch an eine Stelle, zu der ihm der Vogel nicht folgen konnte.

Komm!, schrie der Adler mit erschreckender Heftigkeit.

In seinem dunklen Versteck lauschte Stephan ängstlich auf jede Bewegung des Vogels. Doch er schien sich nicht weiter in die Höhle vorwagen zu wollen. Eine Weile verhielten sich beide ganz still. Dann verließ der Adler mit einem Schrei die Höhle und flog davon.

Stephan hinkte aus seinem Versteck hervor und setzte sich auf eine Decke, um zu essen. Doch dann kam ihm etwas in den Sinn, das ihn jeden Gedanken an das Essen vergessen ließ. Wenn er den Adler ziehen ließ, würde er nie wieder fliegen. Er würde wieder dazu verurteilt sein, sich mühsam über den Erdboden zu schleppen. War denn der Frieden und der Schutz der Höhle – die ohne den Hasen nun ein verlassener Ort war – mehr wert als die Freiheit der Lüfte? Mit einem Aufschrei stürzte er aus der Höhle und suchte fieberhaft den dunkler werdenden Himmel ab. Der Adler war rasch aufgestiegen. In wenigen Augenblicken würde er verschwunden sein. Stephan schrie und schrie, bis ihm Tränen übers Gesicht liefen. Dann, als er gerade die Hoffnung aufgeben wollte, sah er ein Zögern in der Bewegung der Schwingen. Er wartete mit angehaltenem Atem, dass die Schwingen sich senkten, und dann kehrte der Vogel zu seiner großen Freude um.

Lachend und winkend begrüßte er den herabstoßenden Adler, der jetzt so tief an ihm vorbeiflog, dass er nach hinten taumelte. Ohne innezuhalten, stieg der Vogel wieder in den Himmel auf, machte eine Kehrtwendung und sauste wieder zu ihm herab, überflog ihn mit wütenden Schreien und stieg dann wieder auf. Ein drittes Mal stieß er herab, direkt auf den Jungen zu, der auf dem Boden kauerte und seinen Kopf in den Händen verbarg. Doch im letzten Augenblick flatterte er gelassen mit den Schwingen und landete majestätisch auf dem Felsen neben ihm.

Komm!, schrie er, und Stephan erhob sich bebend, um zu gehorchen. Dann fielen ihm das Essen und die Decken ein, und er hastete, dem Zorn des Adlers trotzend, in die Höhle, aus der er sofort wieder hervorkam, die Kostbarkeiten aus seiner alten Unterkunft umklammernd. Wenige Augenblicke später schwebten sie wieder in der Luft, und obwohl Stephan wusste, dass er nie wieder in die Höhle zurückkehren würde, jauchzte sein Herz, als sie so über die Berge dahinflogen.

Es war schon fast dunkel, als sie den Felsvorsprung erreichten. Der vertraute Nachtwind heulte über die Felswand, und Stephan wickelte sich dankbar in eine Decke, als er sich im Horst niederließ. Der Adler breitete eine Schwinge über ihm aus, und der Junge schmiegte sich unter dem Schutz seiner Federn an seinen warmen Körper. Würdevoll bereitete sich der Vogel auf eine neue Nachtwache vor. Und voller Stolz schrie er: Er ist freiwillig zurückgekommen!

Kapitel 12

Noch bevor er die Höhle betrat, wusste Josef, dass etwas nicht stimmte, da in dem frisch gefallenen Schnee keine Fußspuren waren. Rasch ging er hinein, und was er dort sah, erschreckte ihn noch mehr. Der Boden war leer – keine Decken mehr, keine Reste von dem Bündel mit Essen. Einen Augenblick stand er ratlos da. Dann ließ er das neue Bündel auf den Boden fallen und rannte hinaus, um die benachbarten Hänge abzusuchen; er rief nach Stephan, bis ihn die hereinbrechende Dunkelheit zwang, nach Hause zurückzukehren.

Er und Marta quälten sich den ganzen Abend mit bangen Fragen. Als sie sich schließlich auf ihr Lager begaben, tröstete sie einzig die Aussicht, dass Josef morgen früh Petr um Rat fragen würde.

Als sie erwachten, sahen sie, dass es heftig geschneit hatte – die Hütte war fast in Schneewehen versunken, und Eiszapfen hingen von der Dachkante herab. Doch Josef ließ sich davon nicht beeindrucken und machte sich mit neuem Mut auf den Weg. Sein warmer Atem dampfte in der eisigen Luft.

Die Mühle lag am Ende von Bletz am Ufer des Flusses. Da er niemandem begegnen wollte, wählte er einen Weg, der um das Dorf herumführte. In der Ferne sah er Rauchfahnen, die träge in der nebligen Luft aufstiegen, und kleine dunkle Gestalten, die die Eingänge ihrer Hütte vom Schnee befreiten.

Als er sich der Mühle näherte, hörte er Schläge und Krachen. Es war Petr, der versuchte, das große hölzerne Wasserrad vom Eis zu befreien.

«Sieh dir das an», beklagte sich der Müller. «Kaum habe ich das Eis von einer Schaufel entfernt, sind die anderen schon wieder angefroren.» Er warf die Eisenstange weg, die er als Eisbrecher benutzt hatte. «Der Graf wird heute Morgen eben auf sein Mehl warten müssen – da kann man nichts machen.» Er hauchte seine Hände an, um sie zu erwärmen. «Was führt dich zu mir, alter Freund?»

«Es ist wegen Stephan ...», begann Josef.

«Nicht so laut», unterbrach ihn Petr. «Hier sind überall Augen und Ohren. Komm mit in die Mühle.»

Sie traten zusammen aus der blendenden Helle der Schneelandschaft in das matt erleuchtete Innere der Mühle, in der alles mit einer feinen Schicht Mehlstaub bedeckt war – der Boden, die Dachbalken und die beiden riesigen Steinräder, die darauf warteten, das Getreide zu mahlen, das in Säcken an einer Wand aufgestapelt stand.

«Der Graf wird schon nicht leer ausgehen», knurrte Josef.

«Es macht mich ganz krank», sagte Petr wütend, «zu sehen, dass einer so viel hat und dass die andern alle hungern.»

«Ich geriete wahrscheinlich in Versuchung, mir etwas davon zu nehmen.»

«Ich auch – oft. Aber dann würde ich mein Leben riskieren. Außerdem sind meistens zwei Bewaffnete hier, wenn die Mühle läuft. Sie sind heute Morgen weggegangen, als sie sahen, dass der Fluss vereist ist. Aber sie kommen sicher zurück. Deshalb wollen wir keine Zeit mehr verlieren. Sag mir, was mit Stephan ist.»

In kurzen Worten beschrieb Josef seinen beunruhigenden Besuch bei der Höhle. Als er geendet hatte, dachte Petr einen Augenblick nach und sagte dann: «Ich verstehe deine Sorge, aber ich bin überzeugt, dass der Junge eine andere Höhle gefunden hat. Alles deutet darauf hin. Er wird die Gegend inzwischen so gut kennen, dass es uns nicht wundern muss, wenn er einen besseren Unterschlupf gefunden hat. Doch wenn dich das nicht beruhigt, könnte ich ja am nächsten Sonntag mit dir kommen. Wenn wir beide suchen, werden wir ihn bald finden.»

Josef lächelte dankbar. «Du bist ein guter Freund», sagte er.

«Ist schon recht. Ich komme wirklich gern mit dir.»

Sie schüttelten sich herzlich die Hand und gingen zusammen zur Tür. Gerade wollten sie nach draußen gehen, als Rufe aus einiger Entfernung sie innehalten ließen. Der Müller hielt den Holzfäller mit einer Hand zurück, als er sah, dass eine Schar Männer, Stöcke schwingend, über den schneebedeckten Anger gestapft kamen. Eine Stimme übertönte alle übrigen.

«Was ist los?», fragte Josef.

Der Müller schüttelte den Kopf, schloss die Tür und schob einen schweren Riegel vor. Im nächsten Augenblick prallte ein Schneeball gegen die hölzerne Wand der Mühle. Man hörte, dass ein Stein darin verborgen gewesen war.

«Nieder mit dem Verräter!», schrie eine wütende Stimme.

«Vislav», sagte der Müller verhalten.

Daraufhin prasselte ein Hagel von Steinen und Schneebällen gegen die Wände, dass das Holz splitterte. Und immer mehr Stimmen riefen: «Nieder mit dem Verräter!»

Die beiden Männer im Innern der Mühle nahmen den Tumult draußen mit wachsendem Schrecken wahr. Dann hörten sie, wie der Schmied die anderen überschrie.

«Wir wissen, dass du da drin bist, Müller», brüllte er.

Josef sah voller Entsetzen seinen Freund an, der vor der verriegelten Tür stand und zornig die Fäuste ballte.

«Müller!», schrie der Schmied.

«Ich bin hier», antwortete Petr mit fester Stimme.

«Dann komm heraus. Oder müssen wir dich holen?»

«Diese Mühle ist Eigentum des Herrn von Bletz. Ihr wisst doch, was geschieht, wenn ihr sie beschädigt.»

«Dann komm heraus. Hör auf, dich hinter dem Grafen zu verstecken, wie du das immer tust.»

Das hatte wildes Gelächter und einen erneuten Angriff der Aufrührer zur Folge.

Josef sah, dass Petr einen Schritt auf die Tür zu machte, und packte seinen Freund am Arm.

«Nein», flüsterte Petr und versuchte sich zu befreien.

«Aber sie könnten dir etwas antun.»

«Lieber mir als der Mühle. Ich muss mit ihnen sprechen, bevor sie etwas sehr Dummes anrichten.»

«Müller», rief der Schmied. «Das ist deine letzte Gelegenheit.»

«Bitte, lass mich gehen», drängte Petr mit leiser, verzweifelter Stimme. «Ich muss unbedingt mit ihnen sprechen. Aber halte dich heraus. Sie sollen nicht wissen, dass du hier bist. Ich bitte dich, lass meinen Arm los.»

Es blieb Josef nichts anderes übrig, als zu gehorchen, und er verbarg sich mit dem furchtbaren Gefühl der Machtlosigkeit im Hintergrund, während Petr den hölzernen Riegel beiseite schob und die Tür öffnete.

«So ist es schon besser», spottete Hans. «Das war das Klügste, was du tun konntest – Dorfvorsteher.»

Der beißende Hohn in seiner Stimme erfüllte Josef mit Zorn.

«Ihr solltet alle bei der Arbeit sein», wandte sich Petr an die Schar, die fast aus allen Männern des Dorfes bestand.

«Wir lassen uns von dir nicht einschüchtern», rief Vislav und drohte mit einem langen Stock.

«Wir sind nicht die Schuldigen», spottete Hans.

«Verräter!», schrie Vislav, und die anderen fielen ein.

«Ich meine es gut mit euch», rief Petr und versuchte sich

tapfer Gehör zu verschaffen, «geht wieder an die Arbeit. Lasst euch nicht von diesem Mann irreführen. Er bringt euch in große Gefahr.»

«Du bist in Gefahr», schrie Hans. «Du bist angeklagt.»

Der Haufen stimmte lauthals zu.

«Wir wissen schon, was du machst», wetterte der Schmied weiter. «Du bereicherst dich, während wir alle hungern.»

«Was wirft man mir vor?», fragte Petr mit zornerfüllter Stimme. «Was meint ihr mit ‹bereichern›? Sagt klipp und klar, was ihr meint, ich werde auf jeden Vorwurf ehrlich antworten. Ich habe nichts zu verbergen.»

Das klang so aufrichtig und überzeugend, dass einigen der Männer gar nicht mehr wohl bei der Sache war. Sie hatten sich durch die Gerüchte, die Hans und seine Kumpane in den letzten Tagen ausgestreut hatten, in wilde Aufregung versetzen lassen und waren entschlossen hierher gekommen, um mitzuerleben, wie der Müller bestraft wurde. Sie warteten darauf, was der Schmied sagen würde. Doch bevor Hans antworten konnte, war neuer Lärm zu hören, der allen einen gehörigen Schrecken einjagte. Wie ein Mann wandte sich die Schar um und sah einen Reitertrupp in vollem Galopp auf sie zujagen, umgeben von einer aufstiebenden Schneewolke. Einige der Bauern ließen ihre Stöcke fallen und rannten um ihr Leben, die Übrigen standen da wie eine zu Tode erschreckte Schafherde, die von den bewaffneten Männern mit gezogenen Schwertern eingekreist wurde.

Der Anführer der Truppe ritt auf Petr zu.

«Was geht hier vor, Dorfvorsteher?», fragte er.

«Ein dummer Streit», antwortete der Müller in dem Versuch, die Sache herunterzuspielen. «Ein Missverständnis, weiter nichts. Sie wollten gerade wieder an die Arbeit gehen.»

Der Kriegsknecht zögerte, schien aber bereit, die Erklärung

des Müllers anzunehmen. Doch eine friedliche Beendigung der Angelegenheit passte nicht in den Plan des Schmieds. Er hatte von Anfang an gewusst, dass der Aufruhr das Eingreifen der Bewaffneten nach sich ziehen würde – es gehörte sogar zu seinem Plan –, und jetzt, wo sie da waren, wollte er sie nicht mit leeren Händen abziehen lassen.

«Es stimmt überhaupt nicht», rief er. «Der Müller lügt wie immer.»

«Wer bist du?», fragte der Anführer.

«Hans, der Schmied. Und ich werde euch die Wahrheit darüber sagen, warum wir hier sind. Wir sind gekommen, um den Müller wegen zahlreicher Verbrechen anzuklagen – Verbrechen gegen uns und gegen den Herrn von Bletz.»

«Was für Verbrechen?»

«Er hat das Korn des gnädigen Herrn gestohlen.»

Bei diesen Worten durchfuhr Petr ein plötzlicher Schauder.

«Der Mann lügt», protestierte er.

«Der gnädige Herr soll entscheiden», bellte Hans.

«Jawohl», rief die Menge im Chor, und jeder hoffte, durch die anderen geschützt zu sein.

«Genug!», schrie der Anführer und brachte damit den Haufen augenblicklich zum Schweigen. «Ihr beiden Männer werdet Graf Boleslav vorgeführt. Die Übrigen kommen mit in die Burg.»

Der Anführer gab seinem Pferd die Sporen, ritt quer durch die Menge und rief den anderen von seinem Trupp Befehle zu. Und bald schon bahnte sich eine bunte Prozession den Weg durch den Schnee, angeführt von Petr und Hans und scharf bewacht von den Reitern.

Unbemerkt hatte Josef sein Versteck verlassen und stand nun in der offenen Tür. Er versuchte zu überlegen, was jetzt das Beste wäre. Dann dachte er daran, wie sehr ihm Petr geholfen hatte, als Stephan in Gefahr gewesen war, und ging den anderen nach, entschlossen, für seinen Freund einzutreten.

Es war nicht schwer für ihn, die Nachzügler einzuholen, die gerade die Brücke über den vereisten Fluss überquerten. Dann wurde er zusammen mit den anderen den schneeglatten Pfad zur Burg und hinauf in den Hof geführt.

Kapitel 13

«Na seht mal, wer da ist», rief eine vertraute, schnarrende Stimme.

Es kostete Josef Überwindung, sich umzudrehen, denn er wusste, dass er sich dann mit dem Schmied auseinander setzen musste.

«Was führt dich hierher?», fragte der Mann.

«Das ist meine Sache», knurrte Josef.

Der Schmied lachte und zeigte auf eine Gestalt, die einsam auf der anderen Seite des Hofes stand.

«Wenn du deinen Freund suchst», sagte er spöttisch, «er ist dort drüben.» Und damit stolzierte er zu einer Gruppe von Bauern hinüber, die ihn mit Lachen und Schulterklopfen begrüßten.

Leise fluchend bahnte sich der Holzfäller einen Weg zu dem Müller, der, der Menge den Rücken zugewandt, in Gedanken versunken dastand. Als er Josef vor sich auftauchen sah, lächelte er besorgt.

«Du hättest nicht hierher kommen sollen», sagte er.

«Ich konnte nicht einfach tatenlos zusehen», sagte Josef. «Was ist denn los?»

«Wir warten darauf, ob wir Graf Boleslav den Fall vortragen können.»

«Nein, ich meine, worum ging es denn eigentlich bei der Mühle?»

«Ich weiß es nicht», musste Petr zugeben.

«Hast du gehört, was sie über dich gesagt haben?»

«Sprich nicht so laut, mein Freund.»

«Aber es sind alles Lügen.»

«Sie sind hungrig.»

«Nein, eher verrückt. Aber ich werde für dich eintreten. Da kannst du sicher sein.»

Petr schüttelte den Kopf. «Josef», sagte er geduldig, «wir haben vieles zusammen ausgefochten, aber diesen Kampf muss ich allein bestehen. Wenn du mir wirklich helfen willst, geh zu meiner Frau. Sag ihr, was geschehen ist. Und sag ihr vor allem, dass sie sich keine Sorgen machen soll.» Er lächelte. «Lass den Kopf nicht hängen. Es ist noch nicht alles verloren. Graf Boleslav ist ein habgieriger Mann, aber er ist kein Dummkopf. Er weiß, dass ich es nie wagen würde, ihn auch nur um ein einziges Körnchen von seinem Mehl zu betrügen. Und jetzt geh. Du kannst hier nichts tun. Kümmere dich um meine Frau – und sei vorsichtig.»

Widerwillig nickte Josef. Er drückte kurz Petrs Hand und wandte sich dann rasch zum Gehen. Petr sah zu, wie die gebeugte Gestalt sich einen Weg durch die Menge bahnte. Er hielt den Atem an, als Josef ans Tor kam, und atmete erleichtert auf, als er sah, dass er ungehindert hinausschlüpfen konnte. Dann kehrte er wieder zu seinen Überlegungen zurück, was er zu seiner Verteidigung sagen würde, wenn Graf Boleslav sich entschloss, den Fall anzuhören.

In der Burghalle herrschte Schweigen. Die Versammelten standen wie Statuen da und warteten, während der Herr von Bletz an einem Weinpokal nippte. Niemand hätte an seinem Verhalten ablesen können, dass er überrascht, ja schockiert war von dem Vorwurf, den man gegen den Müller erhob. Seiner Ansicht nach konnte dieser nicht zutreffen. Er hatte im Lauf der Jahre mit dem Mann viele Auseinandersetzungen gehabt und sich oft gewünscht, ihn sich vom Hals schaffen zu können. Aber

Unaufrichtigkeit konnte man ihm gewiss nicht vorwerfen, eher das Gegenteil. Er war oft über die eigensinnige Aufrichtigkeit des Mannes wütend gewesen. Was also war da im Gange?

Der Lärm, der von dem Haufen draußen hereindrang, begann den Festungskommandanten zu ärgern.

«Was beabsichtigen Euer Gnaden zu tun?», wagte er zu fragen.

«Zu tun?» Die Stimme des Herrn klang schneidend.

«Ich muss meiner Truppe Anweisungen geben, gnädiger Herr.»

«Natürlich müsst Ihr das. Aber nicht, bevor ich es anordne.»

Das von Narben gezeichnete Gesicht errötete und verstummte dann. Alle Blicke kehrten zu Graf Boleslav zurück, der wieder einen Schluck Wein nahm, bevor er sich an den am Ende des Tisches sitzenden Priester wandte.

«Nun, Priester, was hat die Heilige Schrift dazu zu sagen?»

«Sehr wenig, gnädiger Herr», antwortete Pater Vilem mit einer Leutseligkeit, die darauf hindeutete, dass er sich nicht so leicht aus der Fassung bringen lassen würde wie der Soldat.

Die Versammlung war auf einen weiteren ärgerlichen Tadel gefasst, doch zu ihrer Überraschung lachte der Graf.

«Kommt, das ist doch wohl nicht alles, was Ihr mir dazu zu sagen habt.» Der Ton war zwar leicht, fast scherzhaft, aber es bestand kein Zweifel daran, dass die Aufforderung ernst gemeint war.

Pater Vilem zögerte. Er wusste genau, wer hinter dem ganzen Aufruhr steckte und warum. Er wusste aber auch, dass der Schmied den Eid, den er auf die Bibel geschworen hatte, nicht unbedingt halten und dass er ohne zu zögern die unangenehme Sache mit dem Krüppel wieder hervorholen würde, wenn man gegen ihn etwas vorbrächte. Unter diesen Umständen schien es nur eine Vorgehensweise zu geben.

«Gnädiger Herr», sagte er mit dem verbindlichsten Lächeln, «es obliegt natürlich Euch, ein Urteil in dieser Sache zu fällen – wenn Ihr Euch entschließt, Euch mit dem Fall des Müllers zu befassen. Doch da Ihr mir die Ehre erwiesen habt, mich um meine Meinung zu befragen, will ich Folgendes sagen: Meiner Ansicht nach hat sich der Müller als eigensinnig, streitsüchtig und manchmal Eurer Würde und Stellung gegenüber als respektlos erwiesen.»

Die Andeutung eines Lächelns auf den Lippen seines Herrn ermutigte ihn fortzufahren.

«Euer Gnaden haben dem Mann viel Geduld erwiesen, zweifellos aus Rücksicht für die armen Seelen, die ihn als Dorfvorsteher gewählt haben. Doch ich habe mich schon gefragt, ob dieselben Bauern ihn auch heute noch wählen würden.»

Pater Vilem hielt inne, um Graf Boleslav die Möglichkeit zum Sprechen zu geben. Doch die einzige Antwort waren dessen hochgezogene Augenbrauen, die ihn aufforderten fortzufahren. Er wählte seine Worte nun mit Bedacht.

«Ich muss zugeben», sagte er mit einem unangenehm trockenen Gefühl im Mund, «ich bin schon eine ganze Weile unglücklich darüber, dass so viel Verantwortung in solch ungeschulten Händen liegt. Vielleicht, gnädiger Herr, ist jetzt die Zeit gekommen, dass Ihr Euch von der Tradition freimacht und den Dorfvorsteher selbst wählt.»

Graf Boleslavs Augen schlossen sich für einen Augenblick, und eine Bewegung ging durch die Reihen der Zuhörer.

«Wenn Ihr das zu tun wünscht», sagte der Priester, «könnt Ihr Euch des ungeteilten Segens der Kirche gewiss sein. Und ich zweifle nicht daran, dass die Bauern, die sich selbst außerhalb des Gesetzes gestellt haben, den Verlust eines so geringfügigen Vorrechts überhaupt zur Kenntnis nehmen, wenn sie dafür straffrei ausgehen.»

Die Rede des Priesters wurde von allen mit Schweigen aufgenommen. Viele fragten sich, warum er dies gesagt hatte. War es der Ehrgeiz, noch mehr Macht zu erlangen? Oder einfach die Begierde nach einem bevorzugten Platz am Tisch des Grafen bei dem bevorstehenden Festessen?

Pater Vilem saß mit geneigtem Kopf da und versuchte, eine Selbstsicherheit zur Schau zu stellen, die er nicht empfand. Die Zusammenkunft mit dem Schmied hatte es notwendig gemacht, den Müller an den Pranger zu stellen. Doch stimmte das mit den Bestrebungen seines Herrn überein? So sehr er sich auch bemühte, er konnte nicht verhindern, dass sich in den Falten seines feisten Gesichts und Nackens Schweißperlen bildeten und dass seine dicken Finger, die er vor seinem Bauch gefaltet hielt, zitterten.

Indessen sah Graf Boleslav ins Leere und fuhr dabei leicht mit dem Zeigefinger um den Rand des Pokals. Plötzlich lachte er laut auf, erhob sich von seinem Sitz, schritt auf den Priester zu und gab ihm einen herzhaften Schlag auf den Rücken. Einen Augenblick lang verließ Pater Vilem die jahrelang geübte Selbstkontrolle, und er lächelte mit unverhüllter Erleichterung, während er sich mit dem Ärmel seines Talars den Schweiß von der Stirn wischte.

«Das ist vollkommen in meinem Sinne», erklärte der Graf gut gelaunt, und die Versammelten beeilten sich, durch ihren Beifall kundzutun, dass sie genau das Gleiche gedacht hatten. «Bringt sie herein», befahl der Graf dem Kommandanten. «Aber haltet sie auf Abstand. Ich kann ihren stinkenden Atem nicht ertragen.»

Und indem er Pater Vilem an seine Seite rief, nahm der Herr von Bletz auf seinem Sessel Platz und ließ sich Wein in seinen Pokal nachschenken.

Dann ging alles sehr schnell. Die Gerichtsverhandlung war,

wie Petr bald feststellte, nicht mehr als eine hohle Posse. Zu Beginn erklärte Graf Boleslav, dass jeder, der an dem Aufruhr teilgenommen habe, bestraft würde, wenn nicht bewiesen werden könne, dass er sich zu Recht empört habe. Im Folgenden hörte er nur noch Hans zu, der behauptete, gesehen zu haben, wie der Müller einen Sack Getreide beiseite schaffte, während er in der Mühle eine Kette reparierte; und Vislav, der behauptete, er sei ebenfalls Zeuge der Tat gewesen. Petr wurde keine Gelegenheit gegeben, sich zu verteidigen, und all seine Einwände wurden verworfen. Der Priester bestätigte, dass die Ankläger gottesfürchtige, ehrliche Bauern seien, und ließ keine Ungewissheit über den Ausgang der Verhandlung bestehen. Alles, was dem Grafen zu tun blieb, war, das Urteil zu sprechen.

«Du bist des Verbrechens für schuldig befunden, dessen man dich angeklagt hat», sagte er zu dem bestürzten Müller. «Dieses Verbrechen wurde nicht nur gegen mich, sondern auch gegen deine Leute im Dorf begangen, die dir vertrauten. Deshalb verurteile ich dich zu lebenslänglicher Verbannung aus Bletz.»

Verbannung. Den Bauern, die in einer Ecke des Saales zusammengedrängt standen, entrang sich ein Schreckenslaut. Petr erbleichte und kam ins Wanken, als er das schreckliche Wort hörte.

Was der Graf dann noch sagte, schien von weither zu kommen. «Morgen bei Tagesanbruch musst du Bletz verlassen haben. Wenn du je zurückkehrst, wirst du mit dem Tod durch Erhängen bestraft …»

Der unbarmherzige Urteilsspruch schien nicht zu enden.

«… Alle Übrigen sind dazu verpflichtet, jede notwendige Maßnahme zu ergreifen, um das Urteil durchzuführen …»

Aber warum? Warum? Die Frage kreiste quälend in Petrs Kopf. Warum hatte Graf Boleslav die Lügen des Schmieds für Wahrheit gehalten? Warum hatte er ihm, Petr, nicht erlaubt, etwas zu sagen?

«Die anderen erhalten die Erlaubnis zu gehen. Es wird keine Wahlen zum Dorfvorsteher mehr geben. Ihr habt bewiesen, dass ihr nicht in der Lage seid, eine kluge Wahl zu treffen. In Zukunft werde ich den Dorfvorsteher selbst wählen.»

Plötzlich verstand Petr, was in Wirklichkeit hinter der Verhandlung steckte. Sie wurde als Vorwand benutzt, ihnen eines ihrer wichtigsten Rechte zu nehmen. Er hätte weinen mögen, denn jetzt waren die Bauern dem Grafen auf Gedeih und Verderb ausgeliefert.

«Am Weihnachtsfest werde ich bekannt geben, wer der neue Dorfvorsteher ist.»

«Gott segne den Herrn von Bletz», sagte der Priester mit donnernder Stimme.

«Gott segne den Herrn von Bletz», kam das Echo von den Bauern, für die nichts zählte, als dass sie der Prügelstrafe entkamen.

Niemand schien an den armen Verurteilten zu denken, der mit trotzig erhobenem Kopf und geballten Fäusten dastand. Niemand außer dem Schmied, der versuchte, einen Blick des Priesters zu erhaschen – und als ihm dies nicht gelang, sich seinem pockennarbigen Gefolgsmann zuwandte und ihm einen Schlag auf den Rücken gab.

Die Männer von Bletz kamen früh. Es war noch dunkel, und der Schnee knirschte leise unter ihren Füßen. Viele von ihnen trugen einen Stock in der Hand, auch wenn kaum einer glaubte, dass er ihn brauchen würde. Es war einfach beruhigend, sich an etwas Festes, Zuverlässiges halten zu können.

Als die Schar Petrs Behausung erreicht hatte, stellte sie sich schweigend im Halbkreis vor seiner Tür auf. Im Schimmer des Kerzenlichts, das durch die Ritzen in den Wänden drang, sah man die Anspannung auf den Gesichtern der Männer. Sie hörten, wie die beiden drinnen auf- und abgingen; sie hörten das

Schluchzen der Frau und die leise, raue Stimme des Mannes, der versuchte, sie zu trösten. Jetzt, da die Erregung und der Zorn des Vortags verflogen waren, fühlten sie sich verlegen und schämten sich dessen, was sie getan hatten.

Als der Himmel langsam heller wurde, sahen die Männer beklommen auf ihren neuen Führer, der unmittelbar vor der Tür stand. Plötzlich wurde das Licht im Innern gelöscht, und einige Augenblicke später öffnete sich die Tür, und der Müller und seine Frau erschienen. Sie waren gebeugt unter dem Gewicht der Bündel, die sie auf ihrem Rücken trugen.

Beim Anblick der Schar stieß die Frau einen Schrei aus, und ihr Mann legte seinen Arm tröstend um ihre Schultern. Aneinander gestützt durchschritten sie langsam den Kreis der Zuschauer. Ohne nachzudenken, lief ein Mann zu der Tür, die sie offen stehen gelassen hatten, um sie zu schließen. Es war eine pathetische und unnötige Geste, doch sie drückte aus, was viele von ihnen empfanden.

Es wurde kein Wort gesprochen, während das Paar sich durch das Dorf schleppte. Die anderen folgten ihm in respektvollem Abstand. An der Grenze des Dorfes blieben die Männer, wie auf eine unausgesprochene Verabredung hin, stehen und überließen Petr und seine Frau allein ihrem mühsamen Weg durch den Schnee.

Ein Triumphschrei durchbrach die Stille der grauen Morgendämmerung.

«Jetzt ist er endlich weg, Freunde», rief Hans, der sich nicht mehr beherrschen konnte, und schwenkte seinen Stock in der Luft.

«Den sind wir los», lachte Vislav. «Ein dreifaches Hoch auf Hans», rief er.

Als er merkte, dass die Antwort darauf nur sehr halbherzig war, runzelte der Schmied die Stirn. Selbst in der Verbannung schien Petr ihn um den vollen Genuss seines Triumphes zu bringen. Er machte wütend auf dem Absatz kehrt und stapfte zum Dorf zurück, gefolgt von Vislav und Lobvic.

«Lass uns nach Hause gehen», murmelte eine Stimme. Da warfen die Männer einmütig ihre Stöcke weg und gingen mit langsamen Schritten davon.

Kapitel 14

Für das Kind, das in den Bergen lebte, begann der Weihnachtstag wie jeder andere – mit der Morgendämmerung, in der kalter Nebel um den schneebedeckten Felsvorsprung wirbelte. Der Adler flog, wie es seine Gewohnheit war, schon früh auf der Suche nach Beute davon und überließ den Jungen seinem einsamen Frühstück, zu dem er die Vorräte verzehrte, die sie wöchentlich aus der Höhle holten. Die Decke über die Schultern gelegt, wandte sich Stephan zufrieden seiner Mahlzeit zu, die er immer noch der Nahrung des Adlers vorzog. Das war eine der vielen Widersprüchlichkeiten seines seltsamen Daseins, in dem er in kurzer Zeit zu einem unheimlichen Wesen, halb Junge, halb Raubvogel, geworden war.

Der körperlichen Gestalt nach war er noch immer ein verkrüppeltes Kind. Doch die Töne, die er von sich gab, ahmten die Sprache des Vogels nach, und der hochmütige Ausdruck auf seinem Gesicht spiegelte die würdevolle Haltung des Adlers wider. Wie der Vogel hüpfte er von einem Fuß auf den anderen, wenn ihn etwas erstaunte oder verunsicherte, und wenn er zornig war, schüttelte er in adlerhafter Manier seinen blonden Haarschopf. Vollständig verschwunden schien das verängstigte Wesen, das seinem unschuldigen Leben mit dem Hasen entrissen worden war. Entscheidender jedoch als diese äußeren Anzeichen war, dass bei Stephan eine neue Natur zutage trat, ein wilder, ungebändigter Charakter, der ihm half, mit wachsendem Selbstvertrauen und mehr Unabhängigkeit den Härten und Gefahren seines Lebens in der Wildnis zu begegnen. Hätte er auch noch fliegen können, so wäre die Illusion vollkommen gewesen. Etwas in ihm wusste zwar, dass seine Unfähigkeit zu fliegen ihn als ein Geschöpf kennzeichnete, das vollkommen anders war als der Adler, doch die täglichen Flüge mit dem Adler flößten ihm solche Machtgefühle ein, dass er sich als so stark wie sein mächtiger Beschützer empfand.

Der Weihnachtsmorgen hatte kaum begonnen, als seine wirkliche Stärke – nicht seine eingebildete Kraft – auf eine erste Probe gestellt wurde. Er wurde von zwei Sperbern gesichtet, die ahnten, dass er wehrlos war, und ihn mit wiederholten Sturzflügen angriffen, um ihn von seinem unsicheren Sitz zu vertreiben.

Eine Weile gelang es ihm, sie dadurch abzuwehren, dass er schrie und mit den Armen um sich schlug. Als sie ihr Vorhaben nicht aufgaben, packte er eine Decke und ließ sie wie ein paar riesige Schwingen flattern. Doch die Angriffe hörten nicht auf, und allmählich begann ihn sein Kampf gegen die Vögel zu erschöpfen. Zum ersten Mal hatte er Angst und suchte den Himmel nach dem Adler ab, in der Hoffnung, er würde ihm zu Hilfe kommen. Über ihm flogen die Sperber und bereiteten sich auf ihren nächsten Überfall vor.

Wieder stürzte sich einer der beiden urplötzlich auf ihn, um die Fänge in sein Gesicht zu schlagen. Stephan stieß einen gellenden Schrei aus und wedelte verzweifelt mit der Decke, bis der Vogel zu den Felsen unterhalb des Simses hinabschoss. Noch bevor er Zeit hatte, sich wieder zu fassen, kam der zweite Vogel im Sturzflug auf ihn zu, packte im Kampf die Decke mit seinen Krallen und zerrte ihn so über das Sims. Eine Sekunde später wäre er hinabgestürzt, aber er ließ geistesgegenwärtig die Decke los und taumelte nach hinten gegen die Felswand.

Einen Moment lang verharrte er benommen in dieser wehrlosen Stellung. Dann hörte er über den heiseren Schreien der siegessicheren Sperber ein Geräusch, bei dem sein Herz vor Freude hüpfte. Es war das helle Sirren eines durch die Luft sausenden Körpers.

Die beiden Räuber versuchten vergeblich, dem Blitz aus dem Himmel zu entgehen. Einer der Vögel wurde sofort von den tödlichen Fängen gepackt, und mit einem durchdringenden Schrei brach ihm der Adler das Genick. Der andere ließ in einem verzweifelten Versuch zu entkommen die Decke fallen, die ein paar Fuß tief stürzte und sich dann zu einem riesigen, flatternden Gebilde öffnete. Doch das Ende des zweiten Sperbers kam so rasch wie das seines Gefährten, und er fiel als lebloses Bündel Federn hinter der Decke her, die langsam in die Felsen hinabschwebte.

Stephan sah die rasche Überwindung seiner Angreifer mit den bewundernden Augen eines Raubtiers, das ein anderes dabei beobachtet, wie es Beute macht. Jetzt, wo er außer Gefahr war, stieß auch er einen triumphierenden Schrei aus, und der Adler, der in einem ruhigen Bogen zum Felsvorsprung zurückgeschwebt kam, antwortete mit einem zufriedenen Kreischen. Der Junge richtete sich auf und erhob stolz den Kopf.

Von seinem gewohnten Sitz aus betrachtete ihn der Vogel mit schweigender Anerkennung. Dann neigte er den Kopf zur Seite und gab ein einladendes Krächzen von sich wie ein Lehrer, der beschließt, seinem Schüler eine unerwartete Belohnung zukommen zu lassen. Der Junge verstand den Ruf, kam sofort über den Felsvorsprung gekrochen und ließ seine Füße über den Rand hinabhängen. Der Vogel hüpfte auf seine Schultern und hob ihn in die Luft. Sie waren nun schon so oft miteinander geflogen, dass Stephan die verschiedenen Bewegungen in der Luft unterscheiden konnte, und als er jetzt einen Aufwind spürte, wartete er auf den Augenblick, in dem der Adler ihn himmelwärts tragen würde. Fast im gleichen Augenblick begannen die großen Schwingen sich mit langsamen, gemessenen Schlägen zu bewegen. Gleichmäßig stiegen sie nach oben auf.

Nach einer Weile war Stephan darauf gefasst, dass sie nun ihre Höhe beibehalten würden. Doch zu seiner Überraschung erhoben sie sich immer weiter. Er stieß einen fragenden Schrei aus, doch der Adler antwortete nicht. Sie durchflogen dichte Wolken, und man konnte nicht erkennen, wohin ihre Reise führte – nur, dass es immer aufwärts ging. Unaufhörlich bewegten sich die Schwingen in ihrem gleichmäßigen Rhythmus, bis die Wolken sich aufzulösen begannen und sie plötzlich in einer Welt von strahlend-klarem Sonnenlicht waren.

Stephan stockte der Atem vor Erstaunen, als er eine Reihe von Berggipfeln vor sich sah, die mächtiger waren als alle, die er bisher kannte. Die Wolken unter ihm waren ausgebreitet wie ein riesiges Federbett. Noch immer stiegen sie höher, bis sie auf gleicher Ebene mit den höchsten Gipfeln waren. Ein gebieterischer Schrei des Adlers kündigte das Ende ihres Aufstiegs an, und mit ausgestreckten Schwingen glitt er in einem weiten, anmutigen Bogen dahin.

Hoch über den Wolken, ohne irgendein anderes Lebewesen und nur unendlicher Raum rings umher – Stephan wünschte, der Flug möge immer weiter gehen.

«Dorthin!», rief er und zeigte auf die andere Seite der Berge.

Das ist nicht mein Gebiet, kreischte der Vogel.

«Doch. Lass uns hinfliegen!»

Die Herausforderung war unwiderstehlich. Mit einem gellenden Schrei flog der Adler in einem Bogen zurück, machte eine lässige Bewegung mit einem Flügel und stieß über einen niedrigen Bergrücken zwischen zwei Gipfeln hinab. Er flog tief über dem Hang dahin und glitt dann gelassen durch die Luft. Ein zweiter Schrei kündigte seine Ankunft in dem neuen Gebiet an.

Hinunter!, drängte der Junge, und gehorsam machte der Vogel eine Kehrtwendung und ließ sich in die Wolken hinabsinken.

Bald waren sie wieder im dichten Nebel eingetaucht. Ihr Abstieg vollzog sich in steilen, rasenden Gleitflügen in wechselnden Richtungen, so schnell, dass Stephan fürchtete, sie könnten gegen eine unsichtbare Felsklippe prallen. Doch mit unheimlicher Geschicklichkeit schien der Adler jede Gefahr zu spüren, bevor sie zu sehen war, und so tauchten sie schließlich sicher unter den Wolken hervor.

Sie flogen über einen riesigen Eisfluss und waren rasch an seinem Ende angelangt, wo ein Wasserfall aus einer dunklen Höhle am Ende des Gletschers hervorschoss. Dann näherten sie sich einem Kiefernwald, der weit unter ihnen lag.

Als sie so über die Baumwipfel dahinglitten, stieß Stephan vor Vergnügen seine schrillen Schreie aus, sodass kleine Vögel mit ängstlichen Schreien in Scharen aufflogen und Waldtiere nach allen Seiten flüchteten.

Der Adler konnte dem Anblick all dieser verlockenden Nahrung schließlich nicht mehr widerstehen. Mit einem Schrei stieß er unvermittelt in eine Lichtung hinab und setzte Stephan im Schnee ab.

Bleib hier!, befahl er und flog sofort wieder davon, ungerührt durch die wütenden Rufe des Jungen.

Schnaubend vor Enttäuschung rappelte sich Stephan auf und klopfte sich den Schnee von den Armen und vom Körper. Er packte eine Handvoll Schnee und schleuderte sie gegen einen Baum. Knietief im Schnee stehend, betrachtete er verstimmt seine neue Umgebung.

Ringsum sah er nichts als das undurchdringliche Muster gerader Baumstämme. Nichts regte sich. Der Wald war vollkommen still.

Plötzlich hörte er unbekannte Laute und erstarrte.

«*Hodie Christus natus est. Hodie salvator apparuit*», sang eine ruhige Stimme.

Stephan starrte in die Richtung, aus der die Stimme kam, aber er sah niemanden. Er hielt den Kopf schief und trat von einem Fuß auf den anderen.

«*Hodie in terra canunt angeli*», sang die Stimme und kam näher. Stephan humpelte hinter einen Baum, um sich zu verstecken.

«*Hodie exultant justi dicentes. Gloria in –* »

Plötzlich hörte das Singen auf, und Stephan lugte vorsichtig hinter dem Baum hervor. Nicht weit von ihm entfernt sah er ein merkwürdiges, dunkles Wesen, das sich sehr für die Spuren zu interessieren schien, die er und der Adler im Schnee hinterlassen hatten. Stephan blieb reglos in seinem Versteck hinter dem Baum stehen.

Am Rande der Lichtung stand ein alter Mann und schüttelte den Kopf beim Anblick der merkwürdigen Abdrücke im Schnee. Die Strähnen seines weißen Haares kamen unter der Kapuze eines altertümlichen schwarzen Umhangs hervor, und über seiner Brust hing wie ein Tuch ein langer, weißer Bart. Der Saum seines Umhangs und des braunen Gewandes, das er darunter trug, war ganz durchnässt vom Schnee. In seinen Armen trug er ein Bündel Zweige.

Er stieß zwischen seinen Zahnstummeln einen Pfiff hervor, und als er die Stirn runzelte, legte sich die papierdünne Haut seines Gesichtes in viele kleine Falten. Er wandte seine hellen Augen zum Himmel und seufzte. Dann kehrte sein Blick zu den Abdrücken im Schnee zurück und folgte der Spur der unregelmäßigen Fußtritte. Er bekreuzigte sich und ging mit langsamen, schwankenden Schritten auf den Baum zu, hinter dem Stephan sich verborgen hielt. Vor Überraschung über den

Anblick des kleinen Jungen, der sich an den Baum presste wie ein in die Enge getriebenes Tier, ließ er die Zweige zu Boden fallen.

«Ein Kind», stieß er hervor. «Ein Junge!»

Mit offenem Mund lauschte er den leisen, zischenden Tönen, die Stephan hervorstieß, um ihn von sich fern zu halten.

«Wer bist du?», fragte der alte Mann, der endlich seine Stimme wieder gefunden hatte.

Er trat einen Schritt näher heran, wurde aber am Weitergehen gehindert durch einen ohrenbetäubenden Schrei. Er tastete unter seinem Umhang nach dem Kruzifix, das an einer Kette um seinen Hals hing, und hörte mit Entsetzen die scharfen, rauen Töne, die aus dem Mund des Jungen kamen.

«Guter Gott im Himmel», murmelte er, «was ist denn das?»

Die Antwort war ein erneutes Aufkreischen, auf das hin der alte Mann auf die Knie sank.

«Gnädiger Gott, schütze mich», betete er mit zitternd gefalteten Händen. Er sah den Jungen an und fragte wieder: «Wer bist du?»

Seine Frage rief ein bedrohliches Krächzen und undurchdringliche Blicke hervor.

«Sag mir, Kind, wer bist du?», fragte er noch einmal. «Wie heißt du?»

Der laute Schrei, der folgte, ließ den alten Mann zusammenfahren. Dann warf der Junge plötzlich hochmütig den Kopf zur Seite und begann im Kreis um ihn herumzustolzieren.

Als der kniende Mann sah, wie unbeholfen das Kind humpelte, schrie er mitleidig auf: «Du bist ja ein Krüppel!» und wollte sich erheben, wurde aber rasch wieder durch einen weiteren Schrei des Jungen in die Knie gezwungen, der geglaubt hatte, diese Bewegung bedeute einen Angriff.

«Du siehst aus wie ein Junge», sagte der erschrockene alte Mann im Flüsterton, «du gehst wie ein Krüppel, aber deine Stimme klingt wie die eines großen Vogels.»

Einige Augenblicke lang verharrten beide reglos und schweigend. Dann nahm der alte Mann all seinen Mut zusammen, richtete sich vorsichtig auf und streckte dem Jungen die Arme entgegen, die Handflächen nach oben gewandt, um zu zeigen, dass er ihm nichts antun wolle.

Stephan krächzte vorsichtig und betrachtete ihn höchst misstrauisch.

Ermutigt trat der alte Mann einen Schritt nach vorne und sagte mit zitternder Stimme: «Hab keine Angst. Ich werde dir nichts zuleide tun.»

Die ruhige, freundliche Stimme und das völlige Fehlen alles Bedrohlichen verwirrte Stephan sehr. Er war es gewöhnt, entweder Wesen zu begegnen, die vor ihm flohen, oder solchen, die ihn angriffen. Auf beiden Füßen hin- und herschwankend, ließ er es zu, dass das Wesen sich ihm näherte. Doch als er sein Gesicht berührte, stieß er einen solch gellenden Schrei aus, dass es rückwärts in den Schnee taumelte.

Der alte Mann faltete seine Hände wieder zu einem stillen Gebet und versuchte es dann tapfer noch einmal.

Mit sehr langsamen, vorsichtigen Bewegungen erhob er sich und näherte sich dem Jungen in der Erwartung, dadurch jeden Augenblick wieder solch einen vogelartigen Schrei auszulösen. Doch nichts geschah, nicht einmal dann, als er mit größter Vorsicht die Hand ausstreckte und seine zitternden Fingerspitzen auf den Kopf des Jungen legte.

Unvermittelt griff der Junge nach oben, packte sein Handgelenk und zog es herab. Er hielt es so fest umklammert, dass der alte Mann vor Schmerz zusammenzuckte, aber er wagte nicht, einen Laut von sich zu geben oder sich zu bewegen, um den

Jungen nicht zu stören, der seinen Handrücken betrachtete, als hätte er so etwas noch nie zuvor gesehen. Dann drehte der Junge die Hand um und betrachtete prüfend die Innenfläche, wobei er mit schmutzigen Fingern so fest darüberfuhr, dass sich seine rissigen Fingernägel in die zarte Haut gruben. Glücklicherweise ließ der Junge das Handgelenk ganz plötzlich los, begann aber jetzt, das Gesicht des alten Mannes zu betasten und zog sogar an seinem Bart. Es gelang dem alten Mann, während dieses seltsamen, schmerzhaften Rituals in einem unsicheren Lächeln zu verharren, bis der Junge durch einen kurzen, quäkenden Laut zu verkünden schien, dass er zufrieden sei.

Der alte Mann rieb dankbar sein Handgelenk und seufzte. Es überraschte ihn, dass der Junge das Gleiche tat. Er seufzte wieder, und wieder ahmte ihn der Junge nach. Das wurde bald zu einem Spiel, bei dem die beiden abwechselnd tief einatmeten und dann dem anderen die Luft ins Gesicht bliesen.

«Wer bist du, Kind?», fragte der alte Mann, als der Junge des Spieles überdrüssig geworden war. «Woher kommst du?»

Der Junge gab ein unverständliches Krächzen von sich, hob eine Hand voll Schnee auf und warf ihn in die Luft. Erwartungsvoll sah er den alten Mann an, ob er das Gleiche täte.

«Ich heiße Bartholomäus», sagte der alte Mann. «Bartholomäus.»

Der Junge hüpfte ungeduldig von einem Fuß auf den anderen.

«Bartholomäus», wiederholte der alte Mann und zeigte auf seine Brust. «Bar-tho-lo-mä–us.»

Der Junge, der ihn aufmerksam beobachtet hatte, öffnete den Mund, brachte aber nur einen nichts sagenden Grunzlaut hervor.

«Bar-tho-lo-mä–us», wiederholte der alte Mann.

Wieder öffnete der Junge den Mund, und diesmal gelang ihm nach mehreren fehlgeschlagenen Versuchen und kräftiger Ermutigung ein «Bar...bar...»

Hätte Bartholomäus gewusst, dass dies die ersten beinahe menschlichen Laute waren, die Stephan seit langer Zeit von sich gegeben hatte, so wäre er höchst entzückt gewesen.

«Ich wohne dort drüben», sagte er, «in einer Hütte.»

«Bar...bar...», wiederholte Stephan mit tiefernstem Stirnrunzeln.

«Komm mit mir, ich zeige sie dir.»

Lächelnd streckte der alte Mann die Hand aus, merkte aber dann, dass der Junge sie nicht ergreifen würde; er setzte sich daraufhin allein in Bewegung und forderte den Jungen durch eine Geste auf, ihm zu folgen.

Es war eine merkwürdige kleine Prozession, die nun zögernd die Lichtung verließ. Sie wurde angeführt von einem zerbrechlichen, alten Mann, der mit ruhiger, besänftigender Stimme sprach; ihm folgte ein schweigsamer Junge in zerrissenen, schmutzigen Kleidern, der seinen kleinen Körper trotz des schwankenden Ganges stolz aufrecht hielt.

Sie waren noch nicht weit gegangen, als Bartholomäus stehen blieb und durch die Bäume hindurch nach vorne zeigte.

«Hier ist sie», sagte er. «Das ist meine Hütte.»

Stephan runzelte die Stirn beim Anblick des kleinen hölzernen Bauwerks, aus dessen Dach durch eine Öffnung Rauch aufstieg. Als er den Geruch des Rauchs wahrnahm, rümpfte er die Nase und wich zurück.

«Hab keine Angst», sagte Bartholomäus mit einem Lächeln. «Komm.»

Das schien den Jungen zu beruhigen, und sie wollten gerade weitergehen, als ein Schrei aus der Ferne eine plötzliche heftige Veränderung in seinem Verhalten bewirkte. Er stieß einen schrillen, jubelnden Ton aus und begann, so schnell sein Klumpfuß es erlaubte, zur Lichtung zurückzulaufen.

Bartholomäus versuchte, ihn mit flehenden Rufen zum Stehenbleiben zu bewegen. Doch der Junge beachtete ihn gar nicht, und so raffte er seine langen Gewänder zusammen und lief ihm nach.

Als Stephan die Lichtung betrat, stieß er einen gellenden Schrei aus, der gleich darauf durch ein vertrautes Kreischen beantwortet wurde. Im nächsten Augenblick stieß der Adler aus dem Himmel herab und landete mit der üblichen kühlen Selbstsicherheit neben ihm.

Bartholomäus erreichte die Lichtung gerade rechtzeitig, um den Jungen und den riesigen Vogel zu sehen, die einander ärgerlich ankreischten. Ganz entgeistert sah er, wie der Junge sich in den Schnee kniete und der Vogel auf seine Schultern hüpfte. Er griff ungläubig nach seinem Kruzifix, als der Vogel mit den Flügeln schlug und den Jungen in die Luft hob. Dann lief er, als ihm klar wurde, dass die beiden bald fort sein würden, auf die Lichtung, winkte mit beiden Armen und rief: «Kommt zurück. Kommt zurück.»

Stephan, der schon über den Baumwipfeln schwebte, sah hinunter auf die kleiner werdende Gestalt, die ihm zuwinkte.

«Bar…bar…bar…oo», rief er und winkte zurück.

«Bar-tho-lo-mä–us», schrie die schwache Stimme, die in dem Geräusch der schlagenden Flügel kaum noch zu hören war.

Halt still!, kreischte der Adler, der ihren weiten Flug schon vor sich sah.

Bartholomäus stand in der Lichtung und sah noch lange in den Himmel, nachdem der Adler und der Junge verschwunden waren. In all den Jahren, in denen er als Einsiedler, mit Versenkung und Arbeit beschäftigt, im Wald gelebt hatte, war ihm so etwas Rätselhaftes noch nie begegnet. Wieso schrie ein verkrüppelter Junge wie ein Vogel – und solch ein Vogel? Und doch war es wirklich ein Junge. Er spürte noch den festen Griff um sein Handgelenk und sah das Stirnrunzeln des Jungen vor sich, als er versuchte, seinen Namen auszusprechen.

Bartholomäus fand keine Antwort auf all diese Fragen; langsam ging er zu seiner Hütte zurück und beschloss, jeden Tag Wache zu halten, für den Fall, dass der Junge irgendwann wiederkommen sollte.

Kapitel 15

Im verdämmernden Licht des Weihnachtsnachmittages kniete der Holzfäller vor dem Feuer und versuchte durch geduldiges Blasen den glimmenden Holzscheiten wieder etwas Leben einzuhauchen. Seine Überkleider und Fußlappen waren noch mit Schnee bedeckt wie auch die von Marta. Sie saß schaudernd vor Kälte auf einem Hocker neben ihm und kauerte sich zusammen, um warm zu werden.

Sie waren bei der Morgenmesse gewesen, hatten dann alle Vorräte, die sie entbehren konnten, zusammengepackt und waren in den Wald gegangen, um den Müller und seine Frau aufzusuchen. Es war nicht einfach gewesen, sie zu finden, doch nach einigen Stunden Suchens hatten sie eine verräterische Rauchfahne entdeckt, und die hatte sie auch wirklich in eine tiefe Schneise geführt, in der das Paar jetzt lebte. Sie wurden mit einer Mischung aus Freude und Beunruhigung von den Verbannten begrüßt, die zwar einigermaßen gesund zu sein schienen, aber erschöpft waren von der Kälte und dem täglichen Kampf ums Überleben unter solch rauen Bedingungen.

Die vier hatten die letzten hellen Stunden des Tages in gemeinsamer Arbeit und Gespräch verbracht. Die beiden Frauen bereiteten eine einfache Mahlzeit zu, und die Männer arbeiteten an der von dem Müller roh zusammengezimmerten Unterkunft; sie verstärkten die Wände und die Dachbalken mit Baumstämmen, die der Holzfäller geschlagen und gespalten hatte.

«Ich bin froh, dass wir hingegangen sind», sagte Marta, die

erfreut sah, dass wieder Flammen um die Holzscheite züngelten.

Josef lächelte und nickte. «Ich werde wieder zu ihnen gehen – bald», sagte er und blies noch einmal in das Feuer.

Marta sah ihn besorgt an.

«Sie werden Hilfe brauchen», sagte er mit einem Achselzucken, «damit sie den Winter überstehen.»

Er richtete sich in der Hocke auf, zufrieden, dass das Feuer jetzt wieder von selbst brannte. Immer noch auf den Knien, hielt er Marta seine Hand hin.

«Sprich ein Gebet für uns», sagte er, «für unsere lieben Freunde – und unseren Jungen in den Bergen.»

Der Heilige Abend wurde in der Burg von Bletz in strahlendem Licht gefeiert. Der Saal war von unzähligen Kerzen erleuchtet, während Graf Boleslav und seine bevorzugten Gäste eine endlose Folge von Gerichten verspeisten – Wildschwein, allerlei anderes Wildbret und Geflügel jeder Art. Die Gesichter rings um die lange Tafel waren gerötet vom Wein, der in Strömen floss, und von der Hitze der riesigen Holzscheite, die im offenen Kamin loderten.

Der Burghof war erfüllt von dem flackernden goldenen Schein der Fackeln und der Kohlenpfannen, in die der Wind fuhr. Nach altem Brauch saßen Bauern und Kriegsleute gemeinsam als die armen Gäste ihres Herrn an Tischen, die man aus Holzböcken und Brettern gebaut hatte, und jede Feindseligkeit schien vergessen.

Sie verschlangen gierig das Pökelfleisch und den Haferkuchen – Köstlichkeiten, die sie monatelang nicht mehr gesehen hatten – und tranken Bier aus der Burgbrauerei. Man hätte den Lärm der vielen rufenden, lachenden und singenden Stimmen

Meilen entfernt hören können. Vielen war übel von ihrem voll gestopften Magen, der nicht an so viel Essen gewöhnt war, anderen war übel vom Bier. Alle waren betrunken, und keiner wollte es anders, denn das war der Heilige Abend, ein Abend, an dem man so viel aß und trank, dass alle Mühen und Lasten des Lebens für eine Weile in Vergessenheit gerieten. Im Mittelpunkt dieser Orgie saß der Schmied, brüllend vor Begeisterung, während seine treuen Kumpane immer wieder ihre Krüge hoben und ihm als dem neuen Dorfvorsteher von Bletz zuprosteten.

Auf dem Höhepunkt des Festes verkündete eine Fanfare die bevorstehende Ankunft des Grafen Boleslav. Wie ein Mann erhob sich die Menge auf schwankenden Füßen, viele mussten gestützt werden. Schweißbedeckte Gesichter und von Trunkenheit benebelte Augen wandten sich zu dem Tor, durch das der Herr von Bletz und seine Gefolgschaft heraustraten. Denjenigen, die nahe genug standen oder einfach nüchtern genug waren, um klar zu sehen, stockte der Atem angesichts der Herrlichkeit seiner Gewänder und seines Schmuckes.

Der Festungskommandant schlug mit der flachen Seite seines Schwertes auf einen Tisch. «Ruhe für den Herrn von Bletz», schrie er. Die Menge, die sich nur schwankend aufrecht hielt, fiel in dumpfes Schweigen.

«Bauern von Bletz, ich habe nicht die Absicht, eure Feierlichkeiten lange zu unterbrechen», begann Graf Boleslav unter wilden Beifallsrufen der Menge. «Doch heute ist der Tag, für den ich die Ernennung eures Dorfvorstehers versprochen habe …»

Es folgte ein lautes Krachen, verursacht von einem Bauern, der, zu betrunken, um sich aufrecht zu halten, über einen Tisch gestürzt war und dadurch ein Durcheinander von herunterfallenden Krügen und Essen verursachte. Der stämmige Kommandant wollte schon Kriegsknechte ausschicken, um den

Mann wegschleppen zu lassen, doch das nachsichtige Lächeln auf den dünnen Lippen seines Herrn gebot ihm Einhalt.

Der Schmied, der sich kaum noch in Zaum halten konnte, starrte den Priester an, um ihn dadurch zu zwingen, sich zu ihm umzuwenden.

«Den Mann, den ich gewählt habe, kennt ihr alle sehr gut», hörte er den Grafen sagen, aber das aufgedunsene Gesicht blieb immer noch hartnäckig abgewendet. «Er hat sich als der geborene Anführer für euch alle erwiesen.» Der Schmied hielt den Atem an, verzehrt von mörderischen Gedanken, was er unternehmen würde, wenn der Priester ihren Pakt nicht eingehalten hatte. «Ich erkläre zum Dorfvorsteher den Schmied von Bletz, Hans genannt.»

Die Menge geriet außer Rand und Band. Man warf die Arme in die Luft. Das Echo der wilden Schreie und Hochrufe hallte von den hohen Wänden wider.

Der gerade Gewählte stand fast ruhig da, nur ein wenig schwankend, den Kopf hoch erhoben, mit glänzenden Augen und einem dümmlichen Grinsen über das ganze Gesicht. Er hörte die Stimmen von Vislav und Lobvic, die ihm lautstark gratulierten; er fühlte, wie Hände ihn ergriffen und hochhoben. In einer Woge des Triumphes ließ er sich auf ihren Schultern durch den Burghof tragen.

«Es scheint, dass ich eine günstige Wahl getroffen habe», bemerkte Graf Boleslav ungerührt.

«Wie immer, gnädiger Herr, habt Ihr auch in dieser Angelegenheit große Weisheit an den Tag gelegt», antwortete Pater Vilem zufrieden.

Mit meisterhafter Geschicklichkeit hatte er auf die Entscheidung des Grafen Einfluss genommen, indem er die Nachteile, die es haben würde, einen ehrlichen Mann zu wählen, der sich als ebenso dickköpfig wie der Müller erweisen würde, verglich mit den Vorteilen, die ihm die Bevorzugung eines Mannes bringen musste, dessen Habgier ihn zu einem willigen Werkzeug für die Befehle seines Herrn machen würde.

«Einem brutalen Schurken», hatte er gesagt, «kann man nicht trauen. Aber so einen Mann kann man immer mit einem Sack voller Korn kaufen.» Und mit dem Gedanken an die Nacht, in der die Wahl verkündet werden sollte, hatte er hinzugefügt: «Ebenso wie die anderen Bauern – wenn man ihnen an Weihnachten reichlich zu essen und zu trinken gibt.»

Der Herr von Bletz hatte seinen Rat nicht nur angenommen, er hatte den Priester auch zu seiner Rechten an der Festtafel im Saal sitzen lassen. Angesichts des Aufruhrs, den er vor sich sah, hatte Pater Vilem keinen Zweifel – der Tag war ein großer persönlicher Triumph für ihn.

Zweiter Teil:
Vom Wald in die Burg

Kapitel 16

«Aaa ... ich liebe den Frühling!», erklärte Bartholomäus und sog die Luft tief in seine alten Lungen ein.

«Hm?»

«Frühling, mein Junge – Frühling!» Der Einsiedler breitete die Arme aus, atmete wieder tief ein und sah strahlend zum Himmel auf. «Alles, was du ringsumher siehst, ist – Frühling.»

Stephan sah ihn mit ernstem Stirnrunzeln an.

«Verzeih mir», lächelte Bartholomäus. «Ich werde es dir erklären.» Er sprach langsam und sorgfältig und untermalte seine Worte mit Gesten, die ihren Sinn verdeutlichten. «Wir nennen diese Jahreszeit – Frühling. Im Frühling scheint die Sonne. Der Schnee schmilzt – er verschwindet. Alles, was tot schien, erwacht wieder zum Leben – es wird wieder geboren. Der Wald ist voller Tiere. Die Vögel bauen Nester in den Bäumen. Die Blumen wachsen –» Er hielt inne, um eine Blüte aus einem Teppich weißer Anemonen zu pflücken. «Schau, das ist eine Blume. Wir nennen diese hier Buschwindröschen.»

Er reichte den zarten Blütenstern Stephan, der ihn in seinen gewölbten Händen hielt und mit großer Aufmerksamkeit betrachtete. Dann sah er auf und ließ seine Blicke beinahe würdevoll über ihren Schauplatz schweifen.

«Frrrüh...ling», brachte er mühsam hervor.

Beinahe drei Jahre waren seit ihrer ersten Begegnung vergangen, und Stephan war in der Zwischenzeit ein gutes Stück gewachsen. Jetzt war er beinahe so groß wie der alte Mann, der ein wenig zusammengeschrumpft war. Sein blondes Haar fiel üppig über seinen Rücken. Seine Kleidung war eine merkwürdige Zusammenstellung aus Stücken, die er in der Höhle gefunden hatte, und anderen, die von Bartholomäus stammten, der ihm auch das kleine hölzerne Kruzifix gegeben hatte, das an einer Schnur um Stephans Hals hing.

Sie spazierten gemächlich zwischen den Kiefern dahin, beleuchtet von den schräg einfallenden Sonnenstrahlen, die durch den vom Boden aufsteigenden feuchten Nebel sickerten. Stephan hinkte so unbeholfen wie immer, doch sein hocherhobener Kopf und sein ernstes Gesicht verliehen seiner Erscheinung etwas eindrucksvoll Sicheres und Gelassenes.

Stephan lächelte selten, nicht, weil er sich unzufrieden oder unglücklich fühlte, sondern weil seine natürliche Haltung stolz und unnahbar war. Er hörte Bartholomäus aufmerksam zu und sah ihn mit einem beunruhigend durchdringenden Blick an.

Nach ihrer ersten Begegnung hatte Bartholomäus sein Versprechen gehalten und war jeden Tag zu der Lichtung gegangen, um auf das Wiedererscheinen des Adlers und des seltsamen Kindes zu warten. Doch die Wochen vergingen, und er begann allmählich die Hoffnung aufzugeben, sie je wieder zu sehen. Dann hatte er eines frühen Morgens das Flügelschlagen gehört, war aus seiner Hütte gelaufen und hatte zu seiner großen Freude gesehen, wie der Adler, den Jungen unter sich haltend, durch die Bäume herabstieß.

Als sie gelandet waren, hatte sich der Vogel zwischen den alten Mann und den Jungen gedrängt und durch Schreie und Flügelschlagen versucht, sie auf Abstand zu halten. Dann hatte er aus irgendeinem nur ihm selbst bekannten Grund nachgegeben und war mit einem letzten Aufkreischen davongeflogen. Plötzlich war der Junge auf ihn zugehumpelt und hatte eifrig «Bar... bar...bar...oo» gerufen.

Diesem ersten Besuch folgten noch viele andere. Sie fanden

immer nach langen und unregelmäßigen Pausen statt und liefen immer in der gleichen Weise ab. Nachdem er viel Wesens darum gemacht hatte, den Jungen verlassen zu müssen, flog der Adler davon, und während seiner Abwesenheit gingen die beiden im Wald herum oder saßen in der Hütte, bis er wiederkehrte und mit ungeduldigen Schreien zum Aufbruch aufforderte.

Bartholomäus nutzte diese Besuche, um dem Jungen die Anfangsgründe der menschlichen Sprache beizubringen. Zunächst ging die Entwicklung des Schülers nur quälend langsam und mit vielen Rückschlägen vonstatten, doch ganz allmählich lernte der Junge, seine Lippen und seine Zunge richtig zu bewegen und Worte zu formen.

Die Fortschritte im Sprechen erleichterten das Verständnis, und so versuchte Bartholomäus geduldig, etwas von dem Geheimnis zu lüften, das den Jungen umgab. Zu seinem Kummer kam er damit nicht sehr weit, denn der Junge schien nichts über seine Vergangenheit zu wissen oder nicht fähig zu sein, sich daran zu erinnern – nicht einmal an seinen Namen. Deshalb taufte ihn der Einsiedler nach dem Lieblingsjünger Johannes.

«Also, Johannes», sagte der Einsiedler, seine Lektion fortsetzend, «nach dem Frühling kommt der Sommer – Sommer.»

«Som-mer», wiederholte der Junge mit seiner kräftigen, klanglosen Stimme.

«Gut! Im Sommer ist es heiß – puh!» Bartholomäus wischte sich mit einer komischen Geste das Gesicht mit der Spitze seines langen, weißen Bartes ab, was bei dem Jungen ausnahmsweise einmal ein Lächeln hervorrief.

«Fliegen!», sagte Stephan und zeigte zum Himmel hinauf. «Fliegen!»

«Ja, du kannst fliegen.»

«Fliegen!», sagte der Junge mit mehr Nachdruck in dem Versuch, einen schwierigen Gedanken auszudrücken. «Som-mer fliegen!»

«Ja. Im Sommer kannst du fliegen.»

Stephan schüttelte unzufrieden den Kopf und gab ein lautes Kreischen von sich, wobei er auf die Sonne zeigte.

«Die Sonne? Willst du sagen, dass du im Sommer zur Sonne fliegen kannst?» Der Junge nickte heftig. «Sonne!», sagte er und warf stolz den Kopf zurück.

«Ich glaube, Johannes, du willst mir sagen, dass dich der Adler im Sommer hoch hinauf in den Himmel trägt – so hoch, dass du meinst, zur Sonne zu fliegen. Stimmt das?»

Stephan nickte feierlich.

«Es muss wunderbar sein zu fliegen», seufzte Bartholomäus. «Ich kann dir nur sagen, was auf der Erde geschieht. Aber auch das ist wunderbar. Lass mich erzählen, was im Herbst geschieht – Herbst.»

«H – Harrbst. Harrbst», wiederholte Stephan und rollte das «rr» tief unten im Hals.

«Der Herbst, Johannes, ist sehr schön. Doch es ist auch eine traurige Zeit. Die Blätter bekommen die Farbe meines Feuers – Rot und Gelb und Purpur. Dann sterben sie und fallen von den Bäumen.» Bartholomäus beugte sich nieder und hob eine vermoderte Haselnuss auf. «Im Herbst pflücke ich Nüsse wie diese und Beeren, die man essen kann.»

«Nüsse essen», sagte Stephan und zeigte auf seinen Mund.

«Du isst Nüsse?»

«Hm.»

Der Einsiedler lächelte. Er hatte gefürchtet, dass sich der Junge mit dem Adler die Beute teile, und war erleichtert zu erfahren, dass er zumindest manchmal etwas anderes zu essen bekam. Doch Stephan lebte ja von den Vorräten, die sein Vater weiterhin jede Woche in die Höhle brachte.

«Ja, und nach dem Herbst kommt der Winter. Win-ter.»

«Win-terr.»

«Sehr gut. Im Winter weht der Wind – huh! Es schneit – brrr!»

Bartholomäus erschauerte und zog seinen Umhang fester um sich.

«Win-terr kalt», brachte Stephan langsam und nachdenklich hervor.

«Adler –» Er streckte einen Arm aus, um zu zeigen, wie der Vogel ihn mit seinem Flügel schützte.

«Der Adler hält dich im Winter warm?»

«Warrmm.»

«Mich hält das Feuer im Winter warm. Du magst mein Feuer, nicht wahr? Du kannst Holzscheite nachlegen, wenn wir in die Hütte kommen.»

Der Junge gab ein freundliches Krächzen von sich.

In heiterer Stimmung machten sie sich zusammen auf den Weg zu der bescheidenen Behausung des Einsiedlers.

Sie stand auf einem kleinen Grashügel in einer Umgebung, die an diesem Frühlingstag beschaulich aussah – mit den Bäumen ringsum und dem Bach, der daran vorbeifloss. Davor war eine kleine Ziegenfamilie angebunden. Die Hütte selbst bestand aus grob behauenem Holz und hatte ein tief nach unten gezogenes, strohgedecktes Dach, unter dem Brennholz aufgestapelt lag.

Das Innere war klein, dunkel und kahl. Der Boden bestand aus festgestampfter Erde, und die einzigen Möbelstücke waren ein Tisch, ein Stuhl, ein Strohsack und eine Schatulle, in der Bartholomäus seinen liebsten Besitz aufbewahrte. Der einzige Schmuck des Raumes bestand aus einem Messingkruzifix, das über dem Bett an der Wand hing. In der Mitte befand sich ein offenes Feuer, das das ganze Jahr über beständig brannte, und darüber eine Öffnung im Dach, zu der der Rauch hinausziehen konnte. Alles in dem Raum roch nach Rauch, und an den Tagen, an denen der Wind den Rauch in den Raum zurückblies, war die Luft so voll davon, dass Bartholomäus ununterbrochen husten musste und ihm die Augen tränten.

Nachdem er eine anfängliche Scheu überwunden hatte, genoss Stephan die Wärme des Feuers und den süßen Geruch der brennenden Fichtenscheite. Es gehörte zu den Dingen, auf die er sich freute, wenn er hoch oben auf dem Felsvorsprung saß und an seinen nächsten Besuch bei Bartholomäus dachte. Doch wie der Einsiedler wusste er nicht, wann er stattfinden würde. Es geschah immer unvorbereitet, dass der Adler, seinem eigenen Drang gehorchend, beschloss, sich auf den weiten Flug über die Berge zu begeben. Warum er das weiterhin tat, blieb ein Geheimnis. Vielleicht musste er seine Vorherrschaft über das neu eroberte Gebiet bestätigen; vielleicht musste er sich selbst beweisen, dass er immer noch stark genug sei, den größer gewordenen Jungen über solch eine weite Entfernung zu tragen.

Stephan billigte die unvorhersehbaren Zeitpunkte dieser Besuche mit demselben Gleichmut, mit dem er alle Aspekte seines Lebens mit dem Adler anzunehmen gelernt hatte. Er genoss die Stunden mit dem Einsiedler und dessen geduldige Unterweisungen, doch nichts kam der Freiheit des Fliegens mit dem Vogel gleich, dessen majestätische Kraft ihn in Stephans Vorstellung zum unbestrittenen Herrn über alle anderen Geschöpfe, auch über Bartholomäus, machte.

Als sie von ihrem Spaziergang zurückkamen, traten sie in die Hütte und nahmen ihre gewohnten Plätze vor dem Feuer ein – Bartholomäus auf seinem Hocker, Stephan mit gekreuzten Beinen auf dem Boden. Sie sprachen über dieses und jenes und erwarteten jeden Augenblick, die Geräusche zu hören, die die Rückkehr des Adlers ankündigten. Doch als die Zeit verging und von dem Vogel immer noch nichts zu sehen war, begann Stephan unruhig zu werden. Er stand auf und ging in der Hütte hin und her. Bartholomäus betrachtete ihn schweigend. Dann öffnete der Junge die Tür und sah zum Himmel auf.

«Er wird bald kommen», sagte der alte Mann in dem Versuch, ihn zu beruhigen. «Komm her und setz dich zum Feuer.»

Stephan schüttelte den Kopf, hinkte ein paar Schritte vor die Tür und runzelte die Stirn, als er die langen Schatten der Bäume auf dem Gras sah. Als wenig später die Sonne hinter einer dunklen Wolke verschwand, stieß er einen ängstlichen Schrei aus. Daraufhin meckerten zwar die Ziegen, aber der ersehnte Ruf vom Himmel blieb aus. Wieder stieß er seinen Schrei aus und immer wieder. Jedes Mal klang er lauter und verzweifelter als zuvor.

Bartholomäus lauschte diesen angsterfüllten Schreien mit sorgenvollem Gesicht. Von seinem Platz am Feuer aus konnte er durch die offene Tür den Jungen sehen, und das Herz tat ihm weh um seinetwillen. Er stand auf und ging hinaus, um ihn zu trösten. Doch in dem Augenblick, in dem er Stephan die Hand auf die Schulter legte, wurde er heftig beiseite geschoben, und der Junge rannte durch den Wald davon und schrie gellend.

Der Einsiedler biss sich auf die Lippen; einerseits wäre er dem Jungen gern gefolgt, andererseits war er ungehalten über sein heftiges, ungerührtes Verhalten. Er blieb unentschlossen bei seiner Hütte und lauschte den unaufhörlichen Schreien, die von der Lichtung kamen, bis es dämmerte und sie plötzlich aufhörten. Er horchte einen Augenblick in die Stille hinein, als ihn das Rauschen der Blätter, das einen kühlen Abendwind ankündigte, erschaudern ließ. Er zog sein altes Gewand fester um sich, ging kurz in die Hütte zurück und kam mit einem Umhang wieder heraus, den er Stephan bringen wollte.

Der Junge saß im Gras mitten im aufsteigenden Bodennebel und sah stumm zum Himmel auf.

«Du wirst hier draußen frieren», sagte er und legte den Umhang sanft um Stephans Schultern.

Der Junge antwortete nicht und verriet durch kein Zeichen, ob er Bartholomäus' Gegenwart und den Umhang überhaupt bemerkt hatte.

«Hör zu, Johannes», sagte der Einsiedler vorsichtig. «Vielleicht kommt der Adler nicht zurück.»

Die Antwort war ein ärgerlicher Schrei von Stephan, dessen Blicke weiterhin in den Himmel gerichtet blieben.

«Vielleicht möchte er, dass du hier bleibst.»

Der Wutschrei, der daraufhin folgte, ließ Bartholomäus nach seinem Kruzifix greifen.

«Bitte hör mir zu, Johannes», bat er mit zitternder Stimme. «Es wird bald dunkel. Der Adler kommt heute nicht mehr zurück.»

Mit einer plötzlichen heftigen Bewegung warf der Junge den Umhang ab, sprang auf die Füße, stürzte auf den alten Mann zu und schlug, wilde Schreie ausstoßend, mit den Armen um sich. Bartholomäus zog sich an den Rand der Lichtung zurück, was den Jungen zu befriedigen schien, denn nachdem er noch ein oder zwei drohende Zischlaute ausgestoßen hatte, wandte er sich voller Geringschätzung ab, setzte sich wieder mit gekreuzten Beinen nieder und sah unverwandt zum Himmel auf.

Der Einsiedler seufzte entmutigt und rief mit leiser, ängstlicher Stimme: «Komm zu mir herein, wenn du willst.» Tief beunruhigt kehrte er in seine Hütte zurück, wo er sich niederkniete und betete.

Weit von ihnen entfernt, auf der anderen Seite der Berge, thronte der goldene Adler auf seinem windgeschüttelten Horst und blickte mit wilden, unerschrockenen Augen in die Dunkelheit. Er breitete in der gewohnten Weise einen Flügel aus und war einen Augenblick lang verwundert, dass sich keine vertraute Gestalt an seinen Körper schmiegte. Er stieß ein ungeduldiges Krächzen aus und sah sich auf dem Felsvorsprung um. Als er merkte, dass er allein war, legte er den Flügel an und schüttelte seine goldene Federhaube. Sein Blick war hart und unerbittlich.

Es hatte sein müssen. Mit einer raschen, entschiedenen Bewegung war der Adler von seiner Flugbahn zur Lichtung abgeschwenkt und in den Himmel aufgestiegen – allein. Sein Stolz ließ nichts anderes zu. Dieses Menschenwesen wurde immer größer – schon jetzt war es eine schwere Last. Einmal könnte der Tag kommen, an dem es für die Kräfte des Adlers zu schwer würde. Ja, es musste sein.

Ich bin unbesiegbar!, schrie der Adler. Und dann ließ er noch einen schrecklichen Warnruf folgen. Wehe, wenn jemand dem Menschenwesen ein Leid zufügt!

Kapitel 17

Tag um Tag verging, doch Stephan verließ kaum je die Lichtung. Wenn er es tat, so wanderte er allein im Wald umher, um kurz darauf zurückzukehren und seine stumme Wache wieder aufzunehmen. Stunde um Stunde saß er mit gekreuzten Beinen auf dem Boden und starrte trübsinnig in den Himmel.
Vom Rande der Lichtung aus beobachtete ihn Bartholomäus mit wachsender Besorgnis. Er sah, wie das sonst gebräunte Gesicht des Jungen aschfahl wurde, weil er nichts aß, und wagte sich von Zeit zu Zeit mit einer Schale Haferschleim näher. Doch sie blieb immer unberührt. Er bat Stephan, zur Hütte zurückzukehren, und sagte ihm, dass er dort genauso gut Wache halten könne. Doch wieder erhielt er keine Antwort. Nichts, was er sagte oder tat, schien die Mauer des Schweigens zu durchdringen, die den Jungen umgab; er war in seiner eigenen Welt gefangen, aus der er nur durch einen Ruf vom Himmel befreit werden konnte.

Stephan litt so sehr, dass er nicht einmal mehr weinen konnte. Es war ein Zustand äußerster Verzweiflung, in dem er sich mit seinem ganzen Wesen schmerzhaft nach seiner alten Heimat sehnte, nach dem gefährlichen Felsvorsprung mit dem weiten Blick über die Berge und dem dauernden Heulen des Windes. Er sehnte sich danach, das strenge, gebieterische Gesicht wieder zu sehen und die raue, strenge Stimme wieder zu hören. Doch vor allem verzehrte er sich verzweifelt danach, wieder hoch in den Lüften zu schweben und zu spüren, wie der Wind über sein Gesicht strich; zu spüren, wie ihm das Blut zu Kopf stieg, wenn sie zur Erde hinabstießen, und wie es in seinem Magen schlingerte, wenn sie zu den Wolken aufstiegen. Er konnte sich nichts anderes vorstellen.

Doch die Zeit heilt alle Wunden, und allmählich begann sie ihr Wunder an Stephan zu wirken.

Am Abend des siebenten Tages kam Bartholomäus wie immer, um mit ihm zu sprechen; da wandte sich der Junge ganz unerwartet um und sah ihn an. Es war etwas in seinem Blick, das den alten Mann den Atem anhalten ließ. Wenn er sich nicht täuschte, entdeckte Bartholomäus einen Hauch von Erkennen im Ausdruck des Jungen.

«Johannes?», fragte er und wagte kaum zu hoffen, dass er Recht hatte.

Er wartete mit angehaltenem Atem, und nach einem Augenblick nickte der Junge ein wenig. Es war eine kaum wahrnehmbare Kopfbewegung, doch sie genügte, um die Sorgenfalten im Gesicht des alten Mannes in ein herzliches und glückliches Lächeln zu verwandeln.

«Johannes», sagte er aufatmend, mit Tränen der Erleichterung in den Augen.

Stephan blickte ihn stirnrunzelnd an und versuchte sich zu erinnern, wer er war. Dann richtete er sich halb auf, sagte mit unerwarteter Festigkeit: «Adler» und schüttelte den Kopf.

«Ja, Johannes», sagte Bartholomäus ernst, «der Adler ist fort.»

Er wartete darauf, dass Stephan wieder etwas sagen oder seinen Kummer zum Ausdruck bringen würde. Doch der Junge saß mit abwesendem Blick da, als versuche er, sich an etwas zu erinnern. Dann wandte er sich wieder Bartholomäus zu und erklärte mit ruhiger, aber entschlossener Stimme: «Fliegen. Will fliegen.»

Der alte Mann kniete sich neben ihm nieder.

«Ich weiß», sagte er gütig. «Aber das kann nur der Adler.»

«*Muss* fliegen.»

«Nein, Johannes. Du kannst nicht fliegen – nur der Adler kann fliegen. Der Adler hat dich getragen. Und das musste eines Tages ein Ende haben – wenn du zu schwer geworden bist oder wenn der Adler zu alt ist.»

Stephan gab ein ärgerliches Krächzen von sich.

«Sieh meine Hände an», sagte Bartholomäus. «Früher waren sie so stark wie deine. Schau sie dir jetzt an. Sie sind runzlig und gebrechlich. Eines Tages wird der Adler sein wie meine Hände.»

Die Mundwinkel des Jungen zogen sich verächtlich nach unten, während er die ausgestreckten Hände betrachtete. Er verglich sie mit seinen eigenen und sah immer wieder von einem Paar auf das andere, bis er schließlich nickte und einen solch jämmerlichen Seufzer ausstieß, dass der alte Mann tiefes Mitleid mit ihm empfand.

«Sei nicht traurig, Johannes», sagte er. «Du bist stärker als der Adler.»

Stephan schüttelte heftig den Kopf.

«Doch, das bist du. Nicht so wie der Adler, aber auf andere Weise. Komm mit mir, Johannes. Komm, ich werde tun, was ich kann, um es dir zu zeigen.»

Mit knackenden Gelenken erhob sich Bartholomäus und reichte Stephan die Hand. Der Junge wollte sie zuerst nicht nehmen, merkte aber dann, dass er zu schwach war, um ohne Hilfe aufzustehen; er erlaubte dem alten Mann, ihm aufzuhelfen, und ließ sich mit schwankenden Schritten zurück zur Hütte führen.

Kapitel 18

Sobald Stephan wieder bei Kräften war, begann Bartholomäus mit großer Begeisterung, seinen Schüler zu unterrichten, fand aber bald heraus, dass er es mit einem wilden, aufsässigen Geist zu tun hatte, der nicht bereit war, sich kampflos zähmen zu lassen. Einfache, alltägliche Dinge wie der Versuch, Stephan dazu zu bringen, mit einem Messer oder Löffel zu essen anstatt immer seine Finger zu benutzen, riefen heftige Auseinandersetzungen hervor. Und wenn er vorschlug, Stephan das Haar zu schneiden, wurde er mit solch entschiedenem Krächzen abgewehrt, dass er seinen Plan aufgeben musste. Es gelang ihm auch nicht, Stephan dazu zu überreden, in der Hütte auf der Matratze zu schlafen, die er aus einer alten Decke, gefüllt mit getrocknetem Farn und Heidekraut, gefertigt hatte.

Doch trotz all dieses Auf und Ab gewöhnte sich Stephan allmählich an das häusliche Leben des Einsiedlers. Manche Aufgaben, die ihm offensichtlich Spaß machten, durfte er allein übernehmen, wie das Holzsammeln oder das Wasserholen vom Bach in einem alten Sack aus Ziegenhaut. Ganz begeistert war er von den Fallen, die Bartholomäus aufstellte, um Hasen zu fangen, und bald konnte er es besser als der alte Mann selbst. Er lernte, die Ziegen zu melken, auch wenn er sie zunächst so rau behandelte, dass man fürchten musste, überhaupt keine Milch von ihnen zu bekommen. Und es wäre ihm von Bartholomäus vollständig untersagt worden, hätte er nicht so heftig widersprochen. Sie fanden schließlich zu der Abmachung, dass Stephan die Ziegen melken durfte, wenn Bartholomäus ihm dabei zusah.

Gelegentlich erlebte der Einsiedler eine unerwartete Freude – beispielsweise an dem Tag, an dem er entdeckte, dass Stephan ohne jede Aufforderung nach Kräften bemüht war, das Dach auszubessern, das durch einen Sturm beschädigt worden war. Dankbar und hocherfreut sah er, wie der Junge Material sammelte, um die Löcher in der Strohbedeckung zu stopfen – eine Aufgabe, für die Bartholomäus' Kraft und Gelenkigkeit kaum ausgereicht hätte. Ja, er bemerkte, dass er sich immer mehr auf die Gesundheit und Lebenskraft seines Gefährten verließ, wenn es um die alltäglichen Verrichtungen ging, die für ihr Überleben notwendig waren. Von Anfang an versuchte Bartholomäus, das Wissen seines Schülers über rein körperliche Fähigkeiten hinaus zu erweitern. Er sprach über die Welt und ihre Geheimnisse, über Sonne und Mond und nahm Stephan in klaren Nächten mit hinaus, um ihm die Sterne und ihre Bilder zu zeigen. Er war nie ganz sicher, wie viel sein Schüler verstand, doch er wollte den Glauben an den Sinn seines Tuns nicht aufgeben.

Manchmal sprach er von Gott, den sich Stephan als riesigen Adler vorstellte, der über den Wolken schwebte, und erzählte ihm Geschichten aus der Bibel. Stephans Lieblingsgeschichten stammten fast alle aus dem Alten Testament und handelten von Heldentaten – wie dem Kampf zwischen David und Goliath oder Josuas Bezwingung der Mauern von Jericho. Diese Berichte wurden immer von Bemerkungen über den Adler begleitet – wie *er* Goliath getötet hätte, wie *er* die Mauern von Jericho mit einem mächtigen Schrei zum Einsturz gebracht hätte.

Es war dem alten Mann nur zu bewusst, dass der Adler dem Jungen immerzu in den Sinn kam. Es gab Tage, an denen Stephan in sich gekehrt und verschlossen war. Bartholomäus lernte aus bitterer Erfahrung, dass es das Beste war, dann nicht einzugreifen, sondern seine raue Vogelsprache zu ertragen und ihn allein in den Wald marschieren zu lassen.

Fast immer kehrte Stephan vor Einbruch der Dunkelheit zurück, und gewöhnlich wartete Bartholomäus an der Tür auf ihn. Wenn er sah, wie Stephan aus dem Wald humpelte, oft ganz schmutzbedeckt, wurde jedes Mal das Herz des alten Mannes weich. Um dem Jungen zu versichern, dass alles vergeben war, erlaubte er ihm, die Schatulle zu öffnen und seinen kostbarsten Besitz herauszunehmen.

Es war eine große, in Leder gebundene Bibel. Den handgeschriebenen lateinischen Text verstand Stephan nicht, aber die kleinen, bunten Bilder machten von Anfang an einen tiefen und dauerhaften Eindruck auf ihn. Zunächst wollte Bartholomäus sie ihm nicht geben, denn er fürchtete, dass die groben Hände des Jungen die Seiten beschädigen könnten. Doch eines Tages, als der alte Mann draußen war, geriet Stephan in Versuchung, sie selbst herauszunehmen. Als Bartholomäus unerwartet hereinkam und den Jungen auf dem Boden sitzen sah, die kostbare Bibel vor sich auf der Erde, geriet er in einen solchen Zorn, dass Stephan zutiefst erschrak. Kleinmütig legte er die Bibel in die Schatulle zurück. Dieser Vorfall trübte ihr Einvernehmen für einige Wochen, bis Stephan schließlich, um seinen Ungehorsam wieder gutzumachen, einwilligte, in der Hütte zu schlafen und sich sogar die Haare schneiden zu lassen.

Die Tage und Wochen, die Jahreszeiten folgten einander in ihrem natürlichen Kreislauf und wurden zu Jahren – Jahre, in denen Stephan sich sehr weiterentwickelte. Er würde nie so groß werden wie sein Vater, aber seine knabenhafte Gestalt wuchs zu einem gedrungenen, geschmeidigen Körper heran, und seine Fähigkeit, sich auszudrücken, machte solche Fortschritte, dass man sich kaum noch vorstellen konnte, dass er als Kind überhaupt nicht hatte sprechen können.

Die Jahre, in denen er mit dem Adler zusammen gewesen war, hatten unauslöschliche Spuren hinterlassen. Das Feuer, das damals entzündet worden war – das Feuer, das aus einem verängstigten Tierwesen einen selbstbewussten, ungebändigten Jungen gemacht hatte, das Feuer, das seine Persönlichkeit immer so stark durchleuchten würde, dass er seltsam anders wirkte als andere Menschen –, dieses Feuer war trotz der Erziehung durch den Einsiedler hartnäckig und unauslöschlich.

Bartholomäus liebte Stephan dafür, dann wieder erzürnte es ihn. Er konnte nie mehr den Anblick des Kindes vergessen, das mit dem Adler durch die Lüfte flog, oder seine tiefe Verzweiflung, als der Vogel den Jungen verließ. Doch er wünschte von ganzem Herzen, dass Stephan eines Tages vom Einfluss des Adlers frei werden würde.

Kapitel 19

Sie waren an einem Tag im Spätherbst zu den Hügeln am Fuße der Berge gegangen, um Blaubeeren zu sammeln, als Stephan plötzlich fragte: «Hast du deine Bibel selbst geschrieben, Bartholomäus?»

Der Einsiedler, der in Gedanken versunken war, sah überrascht auf und schüttelte mit einem Brummen den Kopf.

«Aber du kannst sie lesen?», beharrte Stephan mit der rauen Stimme eines Jungen, der gerade den Stimmbruch hinter sich hat.

«O ja.»

«Wer hat dir beigebracht, sie zu lesen?»

Bartholomäus hielt einen Augenblick im Pflücken inne und lächelte vor sich hin in der Erinnerung an ein Gesicht aus ferner Vergangenheit.

«Ein komisch aussehender Mann, der auf einem Auge schielte», sagte er, wobei er das Gesicht verzog und mit einem schmutzigen Finger auf sein linkes Auge zeigte. «Aber er war ein Mann Gottes – ein Priester. Und ein sehr geduldiger Mensch.»

«Hat er in der Hütte gelebt?»

«Du meine Güte, nein. Ich lernte lesen, lange bevor ich im Wald zu leben begann.»

Das überraschte Stephan sehr, der sich Bartholomäus nie anders als in der Hütte lebend hatte vorstellen können.

«Wo hast du vorher gelebt?», fragte er verblüfft.

Der alte Mann schien nicht gerne darauf zu antworten, sagte aber schließlich: «In einer Burg.»

«Einer Burg!» Stephans Augen leuchteten vor Aufregung. «Warum?»

«Weil ich dort geboren wurde», antwortete Bartholomäus rasch. «Aber jetzt pflück bitte weiter, denn sonst werden wir vor Einbruch der Dunkelheit nie fertig.»

Doch Stephans Neugier war nun geweckt.

«Warum bist du in einer Burg geboren, Bartholomäus? Warum? Warum?» Der alte Mann kannte den hartnäckigen Ton seiner Stimme nur zu gut und wusste, dass Stephan keine Ruhe geben würde, bis die Frage ausführlich beantwortet war. Seufzend ließ er sich auf einem Felsen nieder, der in der Nähe lag, woraufhin Stephan sich freudig neben ihn setzte.

«Ich wurde in einer Burg geboren, Johannes, weil sie meinem Vater gehörte.»

«War er ein König?», fragte der Junge und nahm sich dabei eine Hand voll Beeren aus seinem Korb.

«Wenn du alle Beeren jetzt schon isst, können wir keine mehr mit nach Hause nehmen», sagte Bartholomäus streng.

Stephan schnaubte und fragte noch einmal: «War er ein König?»

«Nein, das nicht», antwortete der alte Mann und sah bekümmert auf den kläglichen Rest von Beeren, der noch in Stephans Korb übrig war. «Er war ein Graf. Aber für die Leute, die in der Burg und in den Dörfern ringsum wohnten, war er wie ein König. Sie taten alles für ihn. Sie bauten die Nahrung für ihn an und bereiteten sie ihm zu. Er tat nichts, als sie herumzukommandieren.»

«Ich glaube nicht, dass ich mich gerne herumkommandieren lassen würde.»

«Nein. Da bin ich ganz sicher. Und sie wollten es auch nicht. Aber sie waren nur Bauern und gehörten meinem Vater. Deshalb mussten sie ihm gehorchen.»

«Warum?»

«Weil sie Angst vor ihm hatten. Und weil sie Angst vor den Kriegern hatten, die in der Burg lebten.»

«Der Adler hatte keine Angst. Ich habe keine Angst. Hast du Angst gehabt?»

«Nein. Aber nicht, weil ich so tapfer war, das muss ich gleich dazusagen. Nur weil ich der Sohn des Grafen war; ich behandelte die Bauern genauso wie mein Vater. Hätte meine Mutter noch gelebt, wäre vielleicht alles anders gewesen. Aber sie starb bei meiner Geburt. Du siehst also, Johannes, ich bin wie du – ich habe meine Mutter nie gekannt. Aber wenigstens kannte ich meinen Vater.»

«Du bist mein Vater, Bartholomäus.»

«Nicht dein wirklicher Vater.»

«Wie war dein wirklicher Vater?»

«Ich sah ihn nicht oft. Er war immer auf der Jagd oder ritt mit seinen Freunden aus. Ich verbrachte all meine Zeit mit den Kriegern.»

«Sie waren grausam.»

«Das glaubte ich damals nicht. Ich fand sie großartig. Sie trugen Schwerter und Rüstungen, die in der Sonne aufblitzten. Ich erinnere mich an eines der wenigen Male, wo ich mit meinem Vater sprach. Ich bat ihn, Krieger werden zu dürfen, wenn ich groß wäre. Er lachte schallend und befahl einem der Bewaffneten, mir beizubringen, wie man mit dem Schwert kämpft.»

«Ein Schwert! Ich möchte mit einem Schwert kämpfen.»

«Ich übte jeden Tag, indem ich auf einen Strohsack loshieb. Mein Vater war begeistert, und ich musste seinen Freunden vorführen, was ich konnte. Ich war damals sehr stolz auf mich. Jetzt erfüllt es mich mit Scham.»

«Warum? Warum bist du jetzt nicht mehr stolz auf dich?»

«Wenn du einen Augenblick still bist, dann werde ich es dir sagen. Eines Tages zog der Priester, von dem ich dir erzählt habe – der mit dem komischen Auge –, zu uns in die Burg. Eine seiner Aufgaben bestand darin, mich das Lesen zu lehren. Mein Vater konnte nicht lesen, aber aus irgendeinem Grund – ich nehme an aus Stolz – wollte er, dass ich lesen lernen solle. Ich muss zugeben, Johannes, dass ich ein sehr schlechter Schüler war. Ich wollte draußen sein und mit meinem Schwert üben und nicht mit einem Priester in einem Zimmer hocken. Ich machte ihm das Leben schwer. Ich bedachte ihn mit allen möglichen Schimpfnamen, deren ich mich schäme, wenn ich jetzt daran denke. Aber er gab nicht auf. Ich glaube, dass der arme Mann gar nicht anders konnte, da mein Vater es ihm befohlen hatte. Jedenfalls gab er nicht auf, und ich lernte, beinahe gegen meinen Willen, zu lesen. Und das, lieber Johannes, war der Anfang vom Ende.»

«Anfang – Ende? Das versteh ich nicht.»

«Geduld. Lass mich erklären. Der Priester lehrte mich die Bibel zu lesen – wie ich es eines Tages auch dich lehren möchte –, und als ich von der Sendung unseres Herrn Jesus Christus las, war ich sehr verwirrt. Er war ein König – der größte, den es je auf der Welt gegeben hat –, aber er lebte nicht in einer Burg mit Dienern und Kriegern. Er war so arm wie die Bauern, die in ihren Hütten rings um unsere Burg wohnten. Als ich den Priester danach fragte, verweigerte er mir die Antwort. Ich glaube, er hatte zu viel Angst. So fragte ich meinen Vater und versetzte ihn damit in heftigen Zorn. Er ließ den Priester holen und schickte ihn fort. Und mir befahl er, keine Bücher mehr zu lesen. Aber ich gehorchte ihm nicht. Ja, Johannes, ich widersetzte mich meinem Vater und las weiter – im Geheimen. Und je mehr ich las, desto verwirrter wurde ich. Du hast mich gefragt, wie mein Vater war. Nun, ich werde es dir sagen. Er war habgierig, eigensüchtig und grausam.»

«Dein Vater war ein böser Mann, Bartholomäus. Aber du bist nicht bös. Du bist gut.»

«Ich tat etwas sehr Schlimmes.»

«Was war das?»

Bartholomäus seufzte tief, und ein trauriger, gedankenverlorener Blick trat in seine alten Augen.

«Eines Tages starb mein Vater ganz unerwartet. Und ich wurde an seiner Stelle Graf.»

«Du? Ein Graf?»

«Ja.»

«Wie war das?»

«Sehr verwirrend. Ich wusste nicht, was ich tun sollte. Ich war nicht viel älter als du es jetzt bist, und die alten Freunde meines Vaters, die immer noch in der Burg lebten, sagten mir dauernd, dass ich dies oder jenes tun solle, bis sich mir der Kopf drehte. Dann eines Morgens – ich erinnere mich noch heute genau daran, die Sonne schien, und die Vögel sangen – saß ich in einem Raum der Burg und las die Geschichte, wie Jesus in den Tempel ging und die Händler und Wechsler hinaustrieb. Erinnerst du dich daran? Nun, ich entschied mich in diesem Augenblick, das Gleiche zu tun. Ich rief alle im großen Saal zusammen und befahl ihnen, die Burg sofort zu verlassen, einschließlich der Krieger. Sie waren so überrascht, dass sie alle gingen – in einem großen Zug. Es war ein merkwürdiger Anblick. Ich erinnere mich daran, dass ich überglücklich und wohl auch viel zu selbstzufrieden war. Dann schickte ich Botschaften an die Bauern und bat sie, am nächsten Tag auf die Burg zu kommen. Ich sprach im Burghof mit ihnen und sagte ihnen, dass ich die Ländereien meines Vaters gerecht zwischen ihnen aufteilen würde.»

«Warum? Die Ländereien haben doch dir gehört.»

«Weil der Herr Jesus Christus es uns so gesagt hat. Zuerst

konnten es die Bauern nicht glauben. Doch als sie begriffen, dass ich es wirklich so meinte, waren sie überglücklich. Ich verließ die Burg und zog in eine leere Hütte im Dorf. Und ich nahm meine Bibel mit – dieselbe, die ich in dem Kasten aufbewahre.»

Bartholomäus hielt inne, als er merkte, dass ein tiefer Schatten über sie fiel. Er blickte auf und sah, dass die Sonne gerade hinter den Bergen verschwand.

«Ich wusste, dass wir nicht mehr sehr viel pflücken würden, wenn ich einmal zu erzählen anfange», sagte er und seufzte beim Anblick der wenigen Beeren in ihren Körben. «Nun ja, wir müssen eben morgen wieder hierher kommen.» Er erhob sich mit steifen Gliedern. «Komm, Johannes. Wir müssen uns auf den Weg zur Hütte machen, bevor es dunkel wird.»

«Warte! Hör nicht auf. Sag mir, was dann geschah.»

«Ich werde dir erzählen, wie es weiterging, wenn wir zu Hause sind.»

Schnaubend vor Enttäuschung und Entrüstung ging Stephan hinter Bartholomäus her, der sich schon einen Weg zwischen den Felsen hinab bahnte.

«Du kannst mir unterwegs erzählen, was geschehen ist.»

«Nein, das kann ich nicht. Ich brauche meinen Atem zum Gehen. Und außerdem wird es dir nicht schaden, wenn du ein wenig Geduld lernst.»

Schließlich musste Stephan seine Ungeduld eine ganze Weile im Zaum halten, denn als sie bei der Hütte ankamen, bestand Bartholomäus darauf, dass sie erst alles, was zu ihrem allabendlichen Ritual gehörte, verrichteten, bevor er seine Geschichte fortsetzte. Der Junge erfüllte in Windeseile eine Aufgabe nach der anderen, um den alten Mann dazu zu bringen, sich sobald wie möglich niederzusetzen, während Bartholomäus sich länger als gewöhnlich mit den Ziegen aufzuhalten schien. Doch als schließlich alles erledigt und ein neuer Holzstoß neben dem Feuer aufgerichtet war, ließ sich der alte Mann auf seinem Hocker nieder und schien bereit zu sein, in seinem Bericht fortzufahren.

«Und?», bettelte Stephan. «Was ist dann geschehen?»

Bartholomäus musste über die glühende Ungeduld seines Schülers lächeln und schüttelte dann traurig den Kopf.

«Ein paar Wochen lang lebten wir zusammen im Dorf», sagte er. «Es war eine sehr friedliche Zeit, und ich glaube, dass alle glücklich waren. Das riesige, steinerne Bauwerk – die Burg – war leer und verlassen, nur ein paar streunende Hunde und Ratten hausten darin. Dann hörte ich eines Morgens, dass irgendwo im Dorf Hörner geblasen wurden. Ich schaute hinaus und sah, dass Bewaffnete zwischen den Hütten hindurchgaloppierten. Es waren dieselben, die ich fortgeschickt hatte. Und die Freunde meines Vaters waren bei ihnen. Sie schrien und hatten ihre Schwerter gezückt. Ich war starr vor Schreck. Ich stand wie betäubt in der Tür und musste zusehen, wie sie alle Bauern töteten, die ihnen in den Weg kamen. Sie metzelten sie einfach mit ihren Schwertern nieder. Und dann begannen sie, die Hütten in Brand zu stecken. Es war grauenvoll. Einige der Kriegsknechte, die mich entdeckt hatten, begannen, Steine nach mir zu werfen, und schrien, ich sei ein Wahnsinniger. Ich war zu Tode erschrocken. Ich dachte nur an eines: Wie ich sie davon abhalten könnte, meine Bibel zu verbrennen. Ich lief hinein, ergriff den Kasten mit der Bibel und floh.»

«Aus dem Dorf?»

«Ja. Es war feige und schändlich. Aber das ist es, was ich tat.»

Bartholomäus starrte mit Tränen in den Augen in das Feuer.

«Haben sie dir weh getan?», fragte Stephan ernst.

«Meinem Körper ein wenig – aber meiner Seele sehr. Ich war ja verantwortlich für den Tod dieser Bauern.»

«Nein! Die Kriegsknechte haben sie getötet.»

«Ja. Aber ich war auch verantwortlich dafür.»

«Wieso?»

«Ich war töricht genug zu glauben, dass die Bewaffneten nicht zurückkommen würden. Ein paar Bauern hatten mich davor gewarnt. Aber ich hörte nicht auf sie.«

«Bist du ins Dorf zurückgegangen?»

«Nein. Ich zog von Ort zu Ort und versuchte zu vergessen, was geschehen war. Aber überall, wo ich hinkam, sah ich Bauern, die hungrig waren und schlecht behandelt wurden, und das erinnerte mich immer an die armen Menschen, die in meinem Dorf getötet worden waren. Ich fühlte mich elend und hilflos, und schließlich wollte ich den Menschen nur noch aus dem Weg gehen – am liebsten ganz und gar. Und so kam ich hierher – um Gott um Vergebung zu bitten.»

«Hat er dir vergeben?»

«Ich glaube schon.»

Eine Weile schwiegen sie beide, in ihre Gedanken versunken, und nahmen das Knistern des Feuers und das Krachen der Dachbalken im Wind nur undeutlich wahr. Dann warf Stephan plötzlich mit einer kühnen Bewegung den Kopf zurück und rief mit leidenschaftlicher Stimme: «Ich werde gegen sie kämpfen. Bring mir bei, wie man ein Schwert gebraucht.»

Bartholomäus lachte kurz auf. «Ich? Ich bin viel zu alt dazu», sagte er und legte ein neues Holzscheit auf das Feuer. «Und außerdem habe ich vergessen, wie es geht.»

«Bring es mir bei.»

«Nein, Johannes.»

«Ich werde wie der Adler sein. Bring es mir bei!»

«Nein, Johannes.» Die Stimme des alten Mannes klang unnachgiebig. «Lass uns nicht mehr über das Kämpfen sprechen. Schon der Gedanke daran erfüllt mich mit Abscheu.»

Aber Stephan hörte schon nicht mehr zu. Er war aufgesprungen, belebt von den alten Gefühlen der Kraft und des Selbstvertrauens, die ihm der Adler eingeflößt hatte. Er warf den Kopf zurück und stieß einen stolzen, herausfordernden Schrei aus.

Kapitel 20

Peng – knall – peng.

«Oh!»

Erschrocken sah Bartholomäus zu, wie sein Stock durch die Luft flog und in einigen Metern Entfernung ins Gras fiel.

«Halt», rief er matt und rieb sich vorsichtig das Handgelenk, das unter der Wucht von Stephans Stockhieb gelitten hatte.

«Es tut mir Leid, Bartholomäus.»

«Du musst ein bisschen sacht sein. Diesmal hast du mich beinahe getroffen.»

Stephan grinste und hinkte davon, um Bartholomäus' Stock zurückzuholen.

«Hier», sagte er und hielt ihm die improvisierte Waffe hin. «Es tut mir Leid, wenn ich dir weh getan habe.»

«Ich glaube, es geht schon wieder. Aber sei vorsichtig. Du brauchst nicht so wild dreinzuschlagen. Schließlich ist es nur ein Spiel. Jetzt bin ich dran. Denk daran, was ich gesagt habe. Hieb – Hieb – Hieb und Stoß. Fertig?»

Stephan nickte und ging wieder in Abwehrstellung.

Die Erzählung des alten Mannes hatte seine Fantasie so angeregt, dass er ihm von diesem Augenblick an unaufhörlich mit der Bitte in den Ohren lag, ihn im Schwertkampf zu unterrichten. Ein paar Tage lang war Bartholomäus unerbittlich geblieben und ließ sich von Stephans inständigem Flehen nicht erweichen. Aber der Wille des Jungen war stärker gewesen als der seine, und so hatte der alte Mann widerstrebend nachgegeben, um seine Ruhe zu haben.

An einem kalten Winternachmittag, nachdem all ihre Hausarbeiten getan waren, hatten sie sich zwei gerade gewachsene Schösslinge geschnitten, die ihnen als behelfsmäßige Waffen dienen sollten, und dann gab Bartholomäus auf einer nebligen Lichtung, deren Gras immer noch vom morgendlichen Raureif bedeckt war, seine erste Unterrichtsstunde. Zu seiner großen Überraschung bemerkte der Einsiedler, dass es ihm Vergnügen bereitete.

Sie waren ein ungleiches Kämpferpaar – ein gebrechlicher, etwas zittriger alter Mann, dessen weißer Bart in seinem schweren Wollgewand steckte, das er mit einer Kordel um die Taille festgebunden hatte, und ein blonder Jüngling, der einen halben Kopf größer war als sein Lehrer und dessen Wangen glühten. Der alte Mann geriet rasch außer Atem, aber er war überraschend gewandt und hatte bisher dem wild dreinschlagenden Stock seines hinkenden Schülers immer ausweichen können.

«Eins – zwei – drei – *vier*!» Auf vier schnellte Bartholomäus mit seinem Stock nach vorn und versetzte Stephan einen übermütigen Rippenstoß.

«Ha!», schrie Stephan. Er ärgerte sich, dass er so schlecht in Deckung gegangen war. «Jetzt bin ich tot.»

«Nein, das bist du nicht», sagte der alte Mann mit einem Lachen. «Wir tun doch nur so. Jetzt bist du dran. Aber bitte gib Acht. Denk daran, dass ich schlecht sehe. Achtung, fertig …»

«Fertig.»

«Eins – zwei – drei – *vier*!»

Bartholomäus wich geschickt zurück, um dem Stoß seines Gegners auszuweichen, woraufhin Stephan, dessen Ausfall so unkontrolliert und heftig gewesen war, ausrutschte und auf die Nase fiel. Der alte Mann lachte fröhlich wie ein boshaftes Kind und hielt dem Jungen die Hand hin.

«Es geht schon», sagte Stephan verdrießlich. Er rappelte sich hoch und rieb seine Schulter, mit der er zuerst auf dem gefrorenen Boden aufgekommen war. «*Der* ist schuld!», rief er und schlug ärgerlich mit seinem Stock gegen seinen Klumpfuß. «Deshalb falle ich hin.»

Bartholomäus lächelte mitleidig.

«Mein lieber Johannes, du brauchst nur Geduld – du wirst schon sehen.»

Leider bewirkte das Üben keine große Verbesserung – zumindest nicht genug, um Stephan zu befriedigen, dessen heftige Natur rasch entmutigt war. Und nach ein paar weiteren Lektionen warf er den Stock verzweifelt weg.

Bemüht, Stephans Gedanken von seinem – wie der Junge es sah – jämmerlichen Scheitern abzulenken, erbot Bartholomäus sich, ihm das Bibellesen beizubringen. Der Zeitpunkt erwies sich als ideal, denn nach ein paar Tagen begann es so heftig zu schneien, dass sie die Hütte kaum verlassen konnten.

An einem besonders stürmischen Nachmittag saßen sie wie immer in Decken gehüllt beim Leseunterricht. Die Hütte war voller Rauch, und die Dachbalken krachten und stöhnten unter der Wucht des Sturms, der draußen tobte. Die Ziegen drängten sich ruhelos in ihrem engen Pferch. Es hatte den ganzen Tag heftig geschneit, und nachdem sie einen tüchtigen Vorrat Holz hereingeschafft hatten, wollte sich keiner mehr so recht nach draußen wagen. Bald würde die Dunkelheit hereinbrechen. Bartholomäus rieb sich seine schmerzenden Augen und gähnte ein wenig, während Stephan versuchte, seine Zunge an den unvertrauten Text zu gewöhnen.

Plötzlich wurde die ruhige Aufmerksamkeit ihrer Arbeit durch ein lautes Klopfen an der Tür unterbrochen. Das Geräusch kam so unvermittelt, dass sie beide hochfuhren. Die Bibel glitt von Stephans Knien auf den Boden, aber keiner von ihnen machte eine Bewegung, um sie aufzuheben. Sie lauschten erstarrt dem Klopfen, das nicht aufhörte. Dann plötzlich hörte es auf, und einen Augenblick später fiel etwas mit einem dumpfen Schlag gegen die Tür.

Die beiden saßen reglos da, starrten auf die Tür und warteten auf weitere Geräusche von draußen. Doch man hörte nur, wie der heulende Wind die Bäume peitschte. Stephan bewegte sich als Erster – mit einer jähen Kopfbewegung wandte er sich Bartholomäus zu. Er war überrascht zu sehen, dass der alte Mann vor Angst zitterte. In dem Glauben, dass es wohl nichts anderes sei als ein Baum, der auf die Hütte gestürzt war, erhob er sich und hinkte zur Tür. Er wandte sich einen Augenblick zurück, um nach Bartholomäus zu sehen, der die Bibel aufhob und sie mit bebenden Händen an seine Brust presste. Beherzt schob Stephan den hölzernen Riegel beiseite, der die Tür verschloss. Er hatte kaum begonnen sie zu öffnen, als sie plötzlich gewaltsam zur Seite gedrückt wurde und ein von Kopf bis Fuß mit Schnee bedeckter Körper über die Schwelle fiel.

Bartholomäus war sofort aufgesprungen, eilte, alle Angst vergessend, herbei und gab Stephan zu verstehen, er solle ihm helfen, den Zusammengebrochenen hereinzuholen. Doch Stephan schien unfähig zu reagieren. Er starrte den am Boden liegenden Körper mit weit aufgerissenen Augen an und verfiel wieder in laute, zischende Geräusche.

«Hör auf!», brauste der alte Mann zornig auf. «Es ist doch nur ein Mensch. Er tut dir nichts. Hör auf!»

Auf diesen Ausbruch hin beruhigte sich der Junge, und nach weiterem Drängen des Einsiedlers ließ er sich dazu bewegen, den Ohnmächtigen halb in die Hütte zu tragen, halb zu ziehen. Bartholomäus wies Stephan an, Holz nachzulegen, und lief zurück, um die Tür zu schließen, durch die ein kalter Windstoß Schneeflocken hereinwehte. Dann eilte er zurück und kniete sich neben dem Fremden nieder.

Im Licht des Feuers sahen sie, in welch zerrissenes, schmutziges Sackleinen der Mann gehüllt war. Seine Züge waren beinahe ganz von einem gefrorenen Gewirr weißer Haare bedeckt, aber als Bartholomäus behutsam Schnee und Haare weggestrichen hatte, sah man ein schmales, hageres Gesicht mit tief liegenden Augen in dunklen Höhlen.

Bartholomäus begann die Hände des Mannes zu reiben, um ihn wieder zu beleben.

«Heißes Wasser, Johannes», flüsterte er. «Wir brauchen heißes Wasser.»

Und während Stephan einen Topf mit Wasser aus dem Ziegenlederbeutel füllte, rieb der Einsiedler weiter die Hände des Mannes und dann auch dessen Beine.

Der Fremde regte sich ein wenig. Seine Augenlider zuckten und öffneten sich, und er versuchte, den Blick auf die beiden Gesichter zu richten, die auf ihn niedersahen. Er tat einen schwachen Atemzug und öffnete seinen Mund, um etwas zu sagen. Doch von seinen geschwollenen, rissigen Lippen kam kein Laut.

«Ihr seid jetzt in Sicherheit», sagte Bartholomäus mit einem besorgten Lächeln. «Ihr seid bei Freunden.»

Die Augen des Fremden sahen ihn dankbar an. Dann, nach einem kurzen Aufatmen, wurde er wieder bewusstlos.

«Wir müssen ihm diese nassen Sachen ausziehen», sagte Bartholomäus zu Stephan, der von der anderen Seite des Feuers, aus sicherem Abstand, zugesehen hatte. «Schnell.»

Zusammen zogen sie ihm die durchnässten Überkleider aus, legten den Mann nach weiteren Anweisungen des Einsiedlers auf den Strohsack, auf dem sonst Bartholomäus schlief, und breiteten eine Decke über ihn.

«Wer ist der Mann?», fragte Stephan missbilligend, während er zusah, wie Bartholomäus das Gesicht des Fremden mit einem in warmes Wasser getauchten Tuch abrieb.

Der Einsiedler schüttelte den Kopf. «Er hatte Glück, dass er zu uns fand», sagte er. «Sonst wäre er draußen im Sturm gestorben.»

Sie verteilten die nassen Sackleinenstücke um das Feuer, und während diese in der Hitze dampften, saßen die beiden schweigend vor dem Fremden. Bartholomäus schüttelte immer wieder den Kopf und seufzte, während Stephan zutiefst misstrauisch die Stirn runzelte und herauszufinden versuchte, ob der Mann, der da hereingestolpert war, ein Freund oder ein Feind sein mochte. Schließlich überwältigte ihn die Müdigkeit, und nachdem er die vergessene Bibel in ihren Kasten gelegt hatte, zog er sich auf seinen Strohsack zurück und ließ Bartholomäus allein bei dem Fremden sitzen.

Am Morgen hatte der Sturm nachgelassen, und als Stephan erwachte, war alles ruhig und still. Der Fremde schlief friedlich, und Bartholomäus döste auf seinem Hocker am erloschenen Feuer, den Kopf auf der Brust. Stephan stand leise auf, legte sich einen Umhang um die Schultern und ging auf Zehenspitzen hinaus.

Draußen lag hoher Schnee, und die tief stehende Sonne blendete so unangenehm, dass er mit den Augen blinzeln musste. Der Schnee war seitlich gegen die Hütte geweht, und Stephan musste sich erst einen Weg bahnen, um das Holz zu erreichen, das unter dem überhängenden Dach aufgestapelt war. Er hauchte in seine Hände, um sie wieder zu erwärmen, und holte sich dann einen Arm voll Holzscheite.

Bartholomäus wartete schon an der Tür, als er zurückkam.

«Er ist erwacht», sagte der alte Mann, «aber er ist sehr schwach.»

Stephan betrat die Hütte und spürte, dass der Fremde ihn ansah. Obwohl er so schwach war, fuhr der Mann sichtbar zusammen, als der Junge hereinkam, und als Stephan dann durch den Raum zum Feuer humpelte, zeigte er auf den Klumpfuß und keuchte mit erstaunter Stimme: «Er hinkt!»

Der Junge blieb wie angewurzelt stehen und heftete einen argwöhnischen Blick auf den Fremden.

«Er hinkt! Er hinkt!», stieß der Mann immer wieder hervor, bis er zu schwach war, um noch etwas zu sagen, und keuchend auf den Strohsack zurücksank.

Stephan ließ die Holzscheite plötzlich mit lautem Gepolter fallen und wich zurück. Der Lärm ließ Bartholomäus auffahren. Er hatte sich auf die merkwürdige Reaktion des Mannes konzentriert und sah jetzt, dass Stephan sich auf seinen Füßen hin- und herwiegte, ein sicheres Zeichen dafür, dass er gleich wieder in die Vogelsprache verfallen würde.

«Ist schon gut, Johannes», sagte er und trat rasch zu seinem Schüler.

Vom Strohsack kam ein unterdrückter Schrei. «Johannes? Johannes?»

«Ja», sagte der Einsiedler zögernd. «Sein Name ist Johannes.»

«Lebt er hier?»

«Ja. Bei mir.»

Mit ungläubigem Kopfschütteln sank der Fremde wieder auf das Lager zurück, unfähig, seinen Blick von Stephan abzuwenden, der das Ganze außerordentlich unangenehm fand.

«Ich mag dich nicht», erklärte der Junge mit harter, abweisender Stimme und stampfte aus der Hütte.

«Er kann sprechen!», rief der Mann mit schwacher Stimme.

«Natürlich kann er sprechen», antwortete Bartholomäus abwehrend. Auch ihn begann das Verhalten des Mannes zu irritieren.

«Ist er Euer Sohn?»

Die Direktheit der Frage brachte Bartholomäus in Verlegenheit.

«Ich muss zu ihm gehen», murmelte er und wandte sich zur Tür.

«Wartet!» Die Dringlichkeit in der Stimme des Mannes ließ Bartholomäus zögern; zugleich stieg eine plötzliche Ahnung in ihm auf. «Es tut mir Leid», sagte der Mann schwer atmend, «Ihr müsst mich für undankbar und grob halten. Verzeiht. Doch der Anblick dieses jungen Burschen ließ mich alles vergessen. Es war ein schwerer Schock für mich. Ich hoffte sogar schon …»

«Wollt Ihr sagen, dass Ihr Johannes kennt?», fragte Bartholomäus langsam.

«Ich bin mir nicht sicher», gab der Mann mit einem abwesenden Ausdruck in den Augen zu. «Er ähnelt so sehr einem Kind, das ich einmal kannte. Er ist älter und größer. Aber sein Haar, sein Gesicht – ganz wie das Kind. Und er ist ein Krüppel. Dasselbe Hinken mit dem rechten Fuß. Der rechte Fuß. Ich hätte gemeint, es ist das gleiche Kind. Aber Ihr sagt mir, er sei Euer Sohn.»

Zu bekümmert, um zu antworten, stammelte Bartholomäus: «Ich muss Johannes suchen», und floh aus der Hütte.

Er stand im Schnee, die Hände an den Mund gepresst, und kämpfte mit seinen Gefühlen, die ihm Tränen in die Augen steigen ließen. In seiner Verwirrung schien ihm eine Tatsache unausweichlich – der Fremde musste Johannes' Vater sein.

Er hatte sich oft gesagt, dass es eines Tages so kommen könnte, aber jetzt, wo es eingetreten war, wehrte er sich mit jeder Faser seines Körpers dagegen. Er hatte sich um den Jungen gekümmert und gesehen, wie er heranwuchs. Er hatte ihn so viele Dinge gelehrt. Und es war noch so viel zu tun – Johannes hatte gerade erst begonnen, lesen zu lernen. Er hing an ihm, liebte ihn, und ohne es zu merken, hatte er begonnen, ihn für seinen Sohn zu halten. Doch eine unerbittliche innere Stimme sagte immer wieder: Du musst mit Johannes darüber sprechen.

Schließlich faltete er die Hände zu einem kurzen Gebet, in dem er versuchte, Gott für alles zu danken – sogar für den Schmerz, den es bedeutete, den Jungen aufzugeben –, und folgte dann langsam den Fußspuren im Schnee.

Stephan stand gegen einen Baum gelehnt in der Nähe der Lichtung, auf der sie einander zum ersten Mal begegnet waren.

«Du kannst nicht hier draußen bleiben, Johannes», sagte er und versuchte, tapfer zu lächeln. «Es ist zu kalt. Komm zurück in die Hütte.»

«Ich mag den Mann nicht», antwortete Stephan und stieß verstimmt mit dem Fuß in den Schnee.

«Er meint es nicht böse mit dir. Er will uns etwas Wichtiges sagen.»

«Was denn?»

«Merkwürdige, wunderbare Dinge.»

«Was für Dinge?»

«Er soll es dir selbst sagen.»

«Ich mag ihn nicht.»

«Du *kennst* ihn nicht. Komm, bitte. Mir zuliebe.»

Stephan sah ihn mit einem düsteren Blick an und vergrub sich in seinem Umhang. Doch nach weiterem gutem Zureden gab er nach, und die beiden kehrten aufeinander gestützt zur Hütte zurück.

Der Fremde war eingenickt, als sie eintraten, doch ihre Anwesenheit weckte ihn, und Bartholomäus nahm wieder seinen Platz auf dem Hocker ein. Stephan verharrte misstrauisch in der Nähe der Tür.

«Ihr müsst wissen», sagte der Einsiedler ernst, «dass Johannes nicht mein Sohn ist. Ich weiß nicht, wer sein wirklicher Vater ist.»

«Bartholomäus ist mein Vater», verkündete eine laute Stimme von der anderen Seite des Raumes.

«Nein, Johannes. Du weißt genauso gut wie ich, dass ich nicht dein Vater bin.» Bartholomäus' Stimme zitterte ein wenig, und er zögerte, bevor er weitersprach. «Wenn ich nicht irre», sagte er, sich dem Fremden zuwendend, «ist das dein wirklicher Vater.»

Der Mann lächelte matt und schüttelte den Kopf.

«Ich fürchte, Ihr täuscht euch», sagte er. «Ich bin nicht der Vater dieses jungen Mannes.»

«*Nicht* sein Vater?» Trotz seines Gebetes hüpfte Bartholomäus' altes Herz. «Wer seid Ihr dann?»

«Mein Name, Herr, ist Petr.»

Kapitel 21

So hatte also Petr den Weg zur Hütte des Einsiedlers gefunden. Doch der alte Kämpfer aus dem Dorf war nicht in der Verfassung, die zahlreichen Fragen zu beantworten, die dem Einsiedler auf der Seele lagen.

Jeder, der Petr aus der Zeit kannte, in der er Dorfvorsteher war, wäre jetzt bei seinem Anblick erschrocken. Er war weit über die Jahre hinaus gealtert, die vergangen waren. Seine untersetzte Gestalt war mager, fast ausgemergelt. Sein kräftiges Haar und sein gekräuselter Bart waren schneeweiß geworden. Sein Gesicht, das einst Stärke und Unerschrockenheit ausgestrahlt hatte, war jetzt tief zerfurcht.

Er hatte Bartholomäus und Stephan viel zu erzählen und sie ihm ebenso. Doch an diesem ersten Tag bei ihnen konnte er kaum mehr tun als zu schlafen, und die beiden anderen, die leise ihren täglichen Pflichten nachgingen, mussten voller Ungeduld ihre Verwirrung und Angst bezähmen. Wie der Mann hierher gekommen war, was er wohl mit Stephan zu tun hatte und was es mit ihm selbst auf sich hatte – all das blieb vorläufig noch ein Rätsel.

Bartholomäus und Stephan saßen beim Schein des Feuers und eines Talglichts und hielten eine eher wortkarge Lesestunde ab, als eine schwache Stimme aus einer düsteren Ecke des Raumes vernehmbar wurde.

«Kann er lesen?», fragte die Stimme höchst erstaunt.

Als sie sich Petr zuwandten, sahen sie, dass er mühsam versuchte, sich auf dem Strohsack aufzurichten.

«Nun, er lernt es», antwortete Bartholomäus stolz.

«Lesen – sprechen – » Der alte Mann seufzte und schüttelte ungläubig den Kopf.

«Leg die Bibel weg, Johannes», sagte der Einsiedler, um ihn zu beschäftigen. «Ich glaube, Petr könnte jetzt vielleicht etwas essen.» Er stand auf, um nach dem Haferschleim zu sehen, den sie in einem Topf über dem Feuer warm gehalten hatten. «Aber jetzt erst mal keine Fragen», fügte er hinzu und drohte dem Besucher mit dem Finger.

Der reuige Ausdruck auf Petrs Gesicht war so offen und unverstellt, dass der Einsiedler leise lachen musste.

Kurz darauf schöpfte Bartholomäus den Haferbrei in drei Schalen. Er reichte eine davon Stephan, der sich damit in der Nähe des Feuers auf den Boden setzte, stellte seinen Hocker neben Petr und holte die beiden anderen Schalen.

«Es ist schon lange her, dass ich so etwas gegessen habe», sagte Petr, nachdem er ein oder zwei kleine Happen von dem Löffel genommen hatte, den Bartholomäus ihm hinhielt.

«Ihr hattet Glück, uns zu finden», murmelte der Einsiedler. «Ich glaube, Gott war mit Euch.»

«Aber dass ich wie ein Säugling gefüttert werden müsste, hätte ich nicht gedacht.»

«Seid geduldig. Ihr werdet bald wieder auf den Beinen sein.»

Sie lächelten einander zu und schwiegen eine Weile, während Bartholomäus sich darauf konzentrierte, den Löffel in seiner zittrigen Hand so zu halten, dass der Kranke ihn mit seinem Mund leicht erreichen konnte. Dem fiel es schwer, den flüssigen Brei zu schlürfen, ohne etwas zu verschütten. Stephan auf seinem Platz am Boden aß in ernstem Schweigen und sah den Besucher von Zeit zu Zeit mit finsterem Unmut an. Petr, der einen dieser Blicke auffing, wollte etwas fragen, besann sich aber dann anders.

«Es schmeckt gut», sagte er anerkennend.

«Johannes hat mir geholfen, es zuzubereiten», lächelte Bartholomäus. «Nicht wahr, Johannes?»

Der Junge nickte, ließ sich aber nicht ins Gespräch ziehen.

«Sonst ist er nicht so schweigsam», versuchte der Einsiedler zu erklären. «Er ist es nicht gewöhnt, unter Menschen zu sein – wir sind es beide nicht.»

Petr nickte. «Lebt er schon lange bei Euch?», fragte er.

«Johannes war noch ein Kind, als wir uns das erste Mal begegneten», antwortete der alte Mann mit einem zärtlichen Blick auf seinen Schüler.

«Wo war das?»

Bartholomäus zögerte und fragte sich, ob dies der richtige Augenblick sei, über seine erste Begegnung mit dem seltsamen Kind zu sprechen. Er entschied sich dagegen und machte eine unbestimmte Handbewegung zur Tür hin. «Im Wald», sagte er. Und um nicht allzu ungefällig zu erscheinen, fügte er hinzu: «Soweit ich mich erinnere, war es an einem Weihnachtstag.»

Petr dachte kurz daran zu fragen, in welchem Jahr das gewesen sei. Doch die Ereignisse der Vergangenheit hatten sich in seinem Kopf verwirrt. Und so fragte er stattdessen: «Konnte er damals sprechen?»

«Warum fragt er so viel, Bartholomäus?», wollte eine laute Stimme vom Boden her wissen.

«Petr meint es nicht böse. Er ist einfach neugierig», antwortete der Einsiedler versöhnlich. Er wandte sich dem Besucher zu. «Ihr fragtet mich, ob Johannes sprechen konnte, als er das erste Mal zu mir kam. Die Antwort ist – nein.»

Sichtlich erregt hob Petr die Hände zum Himmel und rief aus: «Es ist das gleiche Kind!»

«Ruhig, mein Freund. Ihr strengt Euch zu sehr an», sagte Bartholomäus und sah besorgt zu Stephan hinüber.

«Ihr wisst nicht, was das für mich bedeutet. Ich habe monatelang nach ihm gesucht – und jetzt habe ich ihn gefunden. Gefunden!»

Erregt warf sich Petr auf den Strohsack zurück, wobei er Bartholomäus beinahe den Löffel aus der Hand schlug.

«Alles zu seiner Zeit», sagte der alte Mann sanft, denn er hatte bemerkt, dass Stephan aufgehört hatte zu essen und den Besucher anstarrte. «Alles zu seiner Zeit. Esst noch ein wenig.»

«Es schmeckt wirklich gut», antwortete Petr, «aber ich kann nichts mehr essen. Habt Dank.»

«Nun gut, wie Ihr wollt.»

Bartholomäus stellte die Schale auf den Boden und begann selbst zu essen.

«Ich möchte Euch etwas fragen», sagte er ein wenig später. «Seid ihr mit den Eltern dieses Kindes verwandt?»

«Wir sind nicht blutsverwandt. Ich bin nur ein Freund – ein alter Freund. Wir sind zusammen im gleichen Dorf aufgewachsen.»

«Welches Dorf ist das?»

«Bletz. Es liegt jenseits der Berge.» Petr sah zu dem Jungen hinüber, der sich auf seinen Strohsack in der anderen Ecke des Raumes zurückgezogen hatte. «Erinnerst du dich an Bletz?», fragte er.

Stephan schüttelte den Kopf und wandte den beiden den Rücken zu.

«Wie heißt das Kind, das Ihr sucht?», forschte Bartholomäus.

«Stephan.»

«Stephan», wiederholte der Einsiedler langsam. Ein leises Lächeln huschte über sein Gesicht. «Das ist ein guter Name. Stephanus – der erste christliche Märtyrer.»

«Erinnerst du dich daran, dass du Stephan genannt wurdest?», fragte Petr.

«Mein Name ist Johannes», antwortete der Junge, ohne sich umzuwenden.

«Johannes ist der Name, den ich dir gegeben habe», seufzte Bartholomäus. «Würdest du nicht gerne Stephan genannt werden?», fragte er aufmunternd.

Die Frage schien seinen Schüler zu verärgern, denn er schüttelte heftig den Kopf.

Es folgte verlegenes Schweigen, das durch den Einsiedler unterbrochen wurde. «Ich glaube, wir haben heute genug Fragen gestellt.» Er sah Petr bedeutungsvoll an, und dieser nickte zustimmend.

«Es gibt nichts, das nicht bis morgen warten könnte», sagte Bartholomäus in sorglosem Tonfall, der mehr Stephan galt als Petr. «Ruht Euch jetzt aus, und morgen sprechen wir weiter.»

Er stand auf und hüllte den Kranken, dessen Augenlider zuzufallen begannen, in seine Decke ein. Wenige Minuten später war Petr in Schlaf gefallen, der durchsetzt war von unruhigen Träumen, in denen er nie wusste, ob er der Verfolger oder der Verfolgte war.

«Du musst nicht so abweisend zu ihm sein», flüsterte Bartholomäus streng, als er sicher war, dass der Besucher fest schlief.

«Ich wollte, er wäre nicht gekommen», antwortete Stephan unmutig.

«Ich weiß. Aber nun ist er da. Und wir müssen Gott dafür danken, dass er ihn zu uns gesandt hat.» Der alte Mann bemühte sich nach Kräften, seiner Stimme einen beruhigenden Klang zu geben, aber auch er war voller Besorgnis darüber, was Petr ihnen wohl noch eröffnen würde.

Am folgenden Tag besserte sich der Zustand des Kranken sichtlich. Er hatte sich erholt, und seine Wangen zeigten sogar wieder etwas Farbe. Beim Erwachen hatte er den Kopf voller Fragen gehabt, aber jetzt war es an ihm, geduldig zu sein. Er lag auf dem Strohsack und sah dem Jungen zu, wie er bei der Erledigung seiner täglichen Aufgaben aus der Hütte ging und wieder hereinkam, und er war überzeugt davon, dass dies das Kind von Josef und Marta war. Als er und der alte Mann sich schließlich zu ihm setzten, konnte er seine Erregung kaum noch verbergen.

«Erinnerst du dich an deinen Vater?», begann er eifrig.

Stephan schüttelte den Kopf.

«Oder an deine Mutter?»

«Er kann sich überhaupt nicht an seine Kindheit erinnern», sagte Bartholomäus.

«Nicht einmal an seine Eltern?»

«Nein, gar nicht.»

Petr runzelte die Stirn und machte einen neuen Versuch.

«Erinnerst du dich an die Höhle?», fragte er.

Stephan hob ruckartig den Kopf. «Eine Höhle?» Zum ersten Mal schien er wirklich interessiert zu sein, und die beiden Alten sahen ihn erwartungsvoll an.

«Ja, eine Höhle – in den Bergen», antwortete Petr in der Hoffnung, dass er irgendetwas aus dieser längst vergangenen Zeit gefunden habe, an das der Junge sich erinnern konnte. «Dein Vater brachte dich dorthin.»

Diese Bemerkung veranlasste Stephan, sich wieder in sich zurückzuziehen. Langsam schüttelte er den Kopf.

«Bist du sicher, dass du dich nicht an die Höhle erinnerst?», beharrte Petr.

«Nein!», rief der Junge ärgerlich.

«Vielleicht wäre es das Beste, Petr, wenn Ihr uns erzähltet, was Ihr wisst», schlug Bartholomäus mit seiner sanften Stimme vor.

«Nun gut», sagte Petr mit einem Achselzucken. Er richtete seinen Blick gerade auf Stephan, der ihn von seinem üblichen Platz auf dem Boden aus stirnrunzelnd ansah.

«Ich weiß, dass es schwer für dich zu verstehen ist», begann er, «aber ich glaube wirklich, dass dein richtiger Name Stephan ist. Ich war mit in der Kirche, als dein Vater dem Priester den Namen mitteilte.»

«Bartholomäus ist mein Vater», sagte der Junge mit einer Stimme, die wie eine Mauer aus Stein klang.

«Nein, Johannes. So darfst du nicht reden. Ich bin nicht dein Vater. Jetzt hör, was Petr uns zu sagen hat.»

«Dein Vater, Stephan –»

«Johannes!», schrie der Junge.

«Gut – Johannes. Es ist schwer für mich, in dir jemand anderen als Stephan zu sehen. Aber ich werde versuchen, daran zu denken, dich Johannes zu nennen. Dein Vater – Johannes – war Holzfäller. Er war Leibeigener des Herrn von Bletz. Josef, dein Vater, war ein guter Mann. Ein freundlicher, liebevoller Mann, der immer gut zu Marta – deiner Mutter – war und zu dir.»

«Ihr sprecht von der Vergangenheit», bemerkte Bartholomäus mit besorgter Stimme. «Ist Josef tot?»

«Nein, das nicht. Doch als ich zuletzt von ihm hörte, war er mehr tot als lebendig.»

«Was meint ihr damit?»

Petr zögerte. Davon hatte er nicht sprechen wollen.

«Was ist mit Josef geschehen?», fragte der Einsiedler.

Der Besucher seufzte und sagte dann mit harter Stimme: «Er ist ein Gefangener. In der Burg von Bletz.»

Bartholomäus umfasste unwillkürlich sein Kruzifix.

«Und Josefs Frau?», fragte er ängstlich.

«Marta lebt noch – hoffentlich. Doch wenn sie noch lebt, dann ist sie allein in dem Haus, in dem Stephan – verzeih, Johannes – geboren wurde.»

«Du sagst, dass dieser Josef gut ist», sagte Stephan verächtlich. «Warum ist er im Gefängnis?»

Der Ton dieser Frage war so herausfordernd, dass Petr, der treue Freund Josefs und Martas, plötzlich ärgerlich über ihr Kind war, das so wenig für sie zu empfinden schien.

«Er wurde von bösen Menschen dort hingebracht», antwortete er scharf.

«Es gibt viele böse Menschen auf der Welt», sagte der Junge überlegen. «Bartholomäus hat mir davon erzählt.»

Der Einsiedler, der diesen hochmütigen Ton nur zu gut kannte, wollte seinen Schüler schon tadeln, beschloss dann aber, lieber nichts zu ihm zu sagen, und richtete stattdessen eine Frage an Petr. «Warum kam Josef ins Gefängnis?», fragte er.

«Es fällt mir schwer, davon zu sprechen. Es ist sehr traurig.»

«Mich macht es nicht traurig», erklärte eine kämpferische Stimme. «Ich habe keine Angst. Ich habe nicht mal Angst vor *dir*», fügte der Junge hinzu und sah Petr herausfordernd an.

«Hör auf, Johannes», sagte Bartholomäus vorwurfsvoll. «Petr ist unser Gast. Er will dir keine Angst machen. Er möchte dich nur nicht in Aufregung versetzen.»

«Also gut, dann soll er es uns sagen. Wir werden ja sehen.»

Stephan machte eine Kopfbewegung, die den Einsiedler beunruhigte, und starrte Petr an, dem es schwer fiel, das hilflose Kind, das er zuletzt gesehen hatte, mit diesem schwierigen, streitsüchtigen Halbwüchsigen zusammenzubringen.

«Bitte erzählt es uns», sagte Bartholomäus mit einem Verzeihung heischenden Lächeln.

«Los, sag es uns.»

«Johannes, wenn du nicht still sein kannst, musst du hinausgehen.» Widerwillig senkte Stephan den Kopf, schien aber bereit zu sein, Petr zu Wort kommen zu lassen.

«Vor vielen Jahren», begann Petr, «wurde ich vom Herrn von Bletz in die Verbannung geschickt. Meine Frau und ich lebten daraufhin im Wald in einiger Entfernung vom Dorf. Ich möchte über die Gründe für diese Strafe jetzt nichts sagen – es würde zu lang dauern, alles zu erklären. Entscheidend war, dass niemand uns besuchen durfte. Und das tat auch niemand – außer Josef und Marta. Ich versuchte ihnen klarzumachen, dass sie es nicht tun sollten, aber sie bestanden darauf. Eines Tages im letzten Sommer wurden sie von einem der Männer aus dem Dorf verfolgt. Ein unangenehmer Mann – der Zimmermann von Bletz. Er sagte es dem Dorfvorsteher – ein Schurke, wie man ihn sich schlimmer nicht vorstellen kann –, und der verriet es dem Grafen. Am gleichen Tag noch brachten Bewaffnete Josef und Marta in die Burg, wo sie grausam verprügelt wurden. Deine Mutter, Johannes, durfte wieder nach Hause gehen. Aber dein Vater wurde ins Gefängnis gesteckt.»

«Herr im Himmel», murmelte Bartholomäus, «war das alles, was sie sich hatten zuschulden kommen lassen?»

Petr nickte. «Der Herr von Bletz ist ein Tyrann.»

«Wie habt Ihr davon erfahren?», fragte der Einsiedler erschüttert.

«Am nächsten Tag kamen die Kriegsknechte in den Wald. Sie brannten meine Behausung und all mein Hab und Gut nieder. Gott sei Dank war meine Frau schon zwei Winter zuvor gestorben. Sie rissen Witze über Josef und Marta und prahlten damit, was sie ihnen angetan hätten. Als sie davonritten, war es schon fast dunkel, und ich schwor in diesem Augenblick, dass ich versuchen würde, Stephan – Johannes – zu finden. Seine Eltern glaubten nämlich, er sei tot. Ich wollte und konnte es nicht annehmen. Meine Frau hatte immer gesagt, ich sei ein eigensinniger Mensch. Und ich glaube, das bin ich auch.»

Petr räusperte sich, denn es hatte ihm die Kehle zusammengeschnürt. Als er merkte, wie still es in der Hütte war, sah er den Einsiedler an, der mit Tränen in den Augen ins Leere starrte, und dann Stephan. Der Junge schien sich in seine eigene unnahbare Welt zurückgezogen zu haben. Seine Stirn war gerunzelt, und in seinen Augen lag ein so wildes Glitzern, dass es Petr kalt den Rücken herunterlief. Plötzlich ertönte ein ohrenbetäubender Schrei, und noch bevor jemand reagieren konnte, war Stephan aus der Hütte gerannt.

Petr, der seinen Ohren nicht traute, sah Bartholomäus ungläubig an, auf eine Erklärung hoffend. Aber der alte Mann konnte nur den Kopf schütteln und seufzen. Schweigend hörten sie auf die Schreie, die leiser wurden, während Stephan durch den Schnee davonstolperte. «Wir haben Euch viel zu erzählen», sagte Bartholomäus schließlich, um die Antwort nicht ganz schuldig zu bleiben.

«Habe ich ihn dazu gebracht?», fragte Petr bestürzt.

«Nein, mein Freund, ihr könnt nichts dafür. Es musste früher oder später geschehen. Das ist Johannes – oder Stephan – oder beide.» Bartholomäus stand auf, um neue Holzscheite auf das Feuer zu legen. «Ich weiß immer noch nicht, wie Johannes – seht, ich nenne ihn immer noch so –, wie er von seinen Eltern getrennt wurde. Ebenso wenig wie ihr wisst, warum er wie ein Adler schreit – ja, es ist ein Adler. Doch alles zu seiner Zeit, mein Freund. Seid nun erst einmal froh, dass Eure lange Suche vorüber ist.»

Kapitel 22

Sie brachen im Frühling auf, als die Flüsse viel Wasser führten und der Boden des Waldes übersät war mit Blumen – Buschwindröschen, Veilchen, Schöllkraut, Primeln, wilde Orchideen an den geschütztesten Plätzen und die ersten kleinen Glockenblumen.

Stephan und Petr machten sich auf den Weg – Bartholomäus blieb zurück. Trotz aller inständigen Bitten des jungen Mannes beharrte der Einsiedler hartnäckig darauf, dass er ein Gelübde getan habe, fern von anderen Menschen zu leben, und dass er es jetzt nicht brechen wolle. Insgeheim hoffte er, dass irgendetwas Stephan davon abhielte zu gehen, doch in der Tiefe seines Herzens hatte er seit dem Tag, an dem Petr gekommen war, gewusst, dass sein Schüler ihn verlassen würde.

Während der Winterwochen hatte er gesehen, wie Stephans Misstrauen und Groll Petr gegenüber sich in heftige Neugier verwandelte, immer wieder die Geschichte hören zu dürfen, wie es zu der Trennung von seinen Eltern gekommen war. Soweit Bartholomäus es beurteilen konnte, war das kein Versuch, das Gefühl der Liebe für seine Eltern, die er weiterhin Josef und Marta, nie Vater und Mutter nannte, wieder aufleben zu lassen. Es geschah eher, um die Gefühle zu nähren, die sich in dem Ausdruck kühnen Stolzes auf seinem Gesicht zeigten und die manchmal zum Ausbruch kamen, wenn er in der Hütte auf- und abschritt und das Ende aller bösen Männer von Bletz verkündete. Bartholomäus wies ihn häufig warnend darauf hin, dass es Sünde wäre, Rache zu üben, und Petr versuchte zu erklären, dass es eigentlich unmöglich sei. Doch ihre Worte schienen Stephan nicht sehr zu beeindrucken, außer, dass er dann aus der Hütte lief, schrie und krächzte.

«Glaubt er, er sei ein Adler?», fragte Petr einmal bei solch einer Gelegenheit, als die beiden Männer allein in der Hütte saßen und auf die merkwürdigen Schreie aus dem Wald lauschten.

«In solchen Augenblicken glaubt er es wohl», gab Bartholomäus zu.

Bartholomäus hatte den Frühling immer geliebt, doch dieses Jahr fürchtete er sein Kommen. Am Morgen der Abreise bemühte er sich nach Kräften, heiter zu sein, sagte, dass er sich wirklich auf ein wenig Ruhe und Frieden freue, und drängte die beiden zum Aufbruch. Doch als er an der Tür stand und den beiden nachsah, war der Anblick von Stephan, der mit einem schweren Bündel auf dem Rücken eifrig neben dem ebenfalls beladenen Petr herhinkte, mehr, als er ertragen konnte. Er ging in die Hütte, fiel auf die Knie und betete um Schutz für seinen Schüler und um die Kraft, die Einsamkeit zu ertragen.

An den ersten Tagen meinte es das Wetter mit den Reisenden gut. Die Sonne schien ihnen ins Gesicht, sie tranken Wasser aus eiskalten Flüssen und aßen von ihren Vorräten. Nachts schliefen sie, in Decken gewickelt, neben dem Feuer, das die Wölfe abhalten sollte. Stephan strotzte vor Energie und wäre den ganzen Tag marschiert, wenn Petr nicht darauf bestanden hätte, gelegentlich eine Ruhepause einzulegen.

Nach fünf Tagen der Wanderung durch den Wald hatten sie die Bäume hinter sich gelassen und waren von kahlen Felsen umgeben. Ringsum ragten steile Gipfel auf, viele von ihnen schneebedeckt. Sie hatten einen mühsamen morgendlichen Aufstieg hinter sich, und Petr verlangte nach einer Pause. Er ruhte sich auf einem Felsen aus, fröstelnd im kalten Wind, und sah Stephan an, der sich wie gewöhnlich weigerte, sich niederzusetzen. Der Junge sah unverwandt zum Himmel auf, vielleicht auf der Suche nach einem vertrauten Schatten vor den dahinjagenden Wolken. Petr schüttelte den Kopf in stiller Verwunderung über die Vorstellung, dass der große Junge als Kind von einem Adler durch die Luft getragen worden war.

Es fiel ihm immer noch schwer, in diesem seltsamen, oft unbequemen Jungen das Kind von Josef und Marta zu sehen. In den Wochen und Monaten, die er in den Bergen herumgewandert war, hatte er immer das Bild eines kleinen Kindes vor sich gesehen, das nicht sprechen konnte und weinend in den Armen seines Vaters lag. Wie würde Marta jetzt auf ihren Sohn reagieren? Oder Josef? Er wagte kaum, daran zu denken, was wohl mit seinem alten Freund geschehen sein mochte.

Er erhob sich mit steifen Gliedern und rief: «Zeit weiterzugehen, Johannes.»

An diesem Abend bezog sich der Himmel, und nach einer unangenehmen Nacht zwischen den Felsen sahen sie beim Erwachen, dass die Berge in kalten Nebel gehüllt waren.

Das Wetter blieb drei Tage lang so schlecht, hinderte sie am Vorwärtskommen und erschwerte ihren Aufstieg, der schon zu guten Zeiten schwierig gewesen wäre, auf tückischste Weise. Die Nächte waren bitterkalt und nass, und zum ersten Mal erlahmte Stephans Mut. Sie hatten sich mühsam durch eine enge Schlucht aufwärts gekämpft, seit Stunden, wie es Stephan schien; jetzt blieb er stehen und rief ärgerlich nach Petr, der weiter hinaufstieg. Durchnässt von dem Wasser, das von den Felsbrocken im Fluss aufspritzte, und fluchend über die Last seines verkrüppelten Fußes, der ständig auf den nassen Felsen ausrutschte, schrie er ihm zu, er solle stehen bleiben oder einen einfacheren Weg suchen. Doch sein Führer winkte ihm einfach ermutigend zu und setzte seinen Weg fort.

Den ganzen Tag hatte es immer wieder Schneeschauer gegeben; Stephan versuchte, die graue Leere, die sich vor ihm auftat, mit den Blicken zu durchdringen, in der Hoffnung, dass er durch ein Wunder den Adler auf sich zufliegen sehen würde. Ein paar traumähnliche Augenblicke lang war er wieder in die heiteren Tage des Fliegens zurückgekehrt – in Tage, an denen die Reise über die Berge so mühelos gewesen war. Anstatt des Gewichts der Tragriemen auf seinen Schultern spürte er den Griff der Adlerfänge. Das Schneegestöber wurde zum Windstoß, der ihm durchs Haar fuhr, während er sich im Geiste in die Lüfte erhob.

Rufe aus der Ferne brachten ihn wieder auf die Erde zurück, und als er aufschaute, sah er Petr, der ihn durch aufgeregtes Winken zum Weitergehen aufforderte. Leise stöhnend wischte er sich den nassen Schnee vom Gesicht und nahm sein mühseliges Klettern über die Felsen wieder auf.

Petr wartete mit ausgestrecktem Arm auf ihn und zog ihn die letzten paar Schritte hinauf.

«Wir haben es geschafft!», rief sein Führer gegen den Wind. «Das ist der höchste Punkt unserer Reise. Von jetzt an geht es nur noch bergab. Aber sei vorsichtig.» Petr lächelte ermutigend und wandte sich zum Gehen. Aber etwas im Ausdruck des Jungen ließ ihn zögern.

«Ist alles in Ordnung?», fragte er barsch.

«Natürlich.»

«Hast du keine Angst?»

«Ich habe vor nichts Angst.»

Die hochmütige Antwort, die Petr in einem anderen Augenblick verunsichert hätte, brachte ihn jetzt zum Lachen. Trotz seines Stolzes hatte der Junge etwas sehr Verletzliches, Liebenswertes an sich.

«Du bist der Sohn deines Vaters», sagte er und drückte Stephan mit einer kurzen, rauen Bewegung an sich. So hatte er Josef umarmt, bevor er sich auf den Weg gemacht hatte, den Jungen zu verstecken.

Die Nacht war kälter und elender als alle bisherigen. Sie schliefen sehr wenig und brachen schon beim ersten Tageslicht auf. Der Abstieg war oft steil und eisig, und ringsum war gefährliches Gefälle. Doch da Petr voranging und immer bereit war, seine führende Hand zu reichen, gelang es ihnen, langsam den Bergabhang hinabzuklettern.

Später am Tag, als sie die Höhen hinter sich gelassen hatten, wurde das Wetter besser. Die dichten Wolken und der Nebel lichteten sich allmählich, und am späten Nachmittag, als sie eine steile Geröllhalde hinunterkletterten, brach plötzlich die Sonne hervor und überflutete das vor ihnen liegende Tal mit goldenem Licht. Mit übermütigem Geschrei begann Stephan hinkend loszurennen, auf den losen Steinen nach unten rutschend. Ohne auf Petrs Warnruf zu achten, jagte er weiter den Abhang hinunter, wobei sein Bündel auf seinem Rücken hin- und hersprang, bis er zu Petrs Erleichterung am unteren Ende atemlos zum Halten kam.

Sie verbrachten die Nacht bei einem kleinen See, wo sie genug Holz fanden, um sich ein bescheidenes Feuer anzuzünden. Sie zogen ihre nassen Überkleider aus Sackleinen aus, breiteten sie zum Trocknen über Steine und aßen zum ersten Mal seit Tagen mit Genuss. Sie waren beide müde, schmutzig und zerzaust, doch erleichtert, weil sie wussten, dass der schlimmste Teil der Reise vorbei war. Später saßen sie in Decken gehüllt am Feuer, während die Dunkelheit sich allmählich auf sie niedersenkte.

«Bist du diesen Weg gegangen, als du nach mir gesucht hast?», fragte Stephan nüchtern.

Petr nickte.

«Wie hast du ihn wieder gefunden?»

«Du darfst nicht vergessen, dass ich viele Wochen hier in den Bergen verbracht habe. Ich habe sie sehr gut kennen gelernt.»

«Bartholomäus sagt, es sei ein Wunder, dass du uns gefunden hast. Glaubst du auch, dass es ein Wunder war?»

«Vielleicht.»

Stephan betrachtete seinen Gefährten mit dem ihm eigenen beunruhigenden Blick.

«Warum hast du nach mir gesucht?», fragte er. «Du hast doch gesagt, dass Josef glaubte, ich wäre tot.»

«Das darfst du deinem Vater nicht übelnehmen. Jeder hätte das geglaubt.»

«Aber du nicht.»

«Nein. Warum, das ist schwer zu erklären. Nenn es Dickköpfigkeit, wenn du willst.»

«Bartholomäus sagt, dass Gott dir befohlen habe, nach mir zu suchen. Hat Gott es dir befohlen?»

«Ich muss dir etwas gestehen, Johannes, was ich Bartholomäus nie sagen konnte. Er ist ein sehr gläubiger Mann, und ich beneide ihn darum. Ich glaube nicht an Gott. Ich habe es versucht. Als ich noch ein junger Mann war wie du, dachte ich, ich könnte glauben. Aber ich habe zu oft gesehen, wie böse Menschen über Unschuldige und Hilflose triumphiert haben. Und ich kann nicht an einen Gott glauben, der das zulässt.»

«Du kannst Gott nicht dafür verantwortlich machen. Es ist die Schuld der Menschen.»

«Sind das Bartholomäus Worte oder deine?»

«Ich werde gegen sie kämpfen.»

«Johannes, hör mir zu. Du kannst nicht gegen Krieger kämpfen – erinnere dich, was Bartholomäus geschehen ist.»

«Bartholomäus hatte den Adler nicht.»

«Glaubst du wirklich, der Adler könnte dir helfen? Du hast

ihn seit Jahren nicht mehr gesehen. Vielleicht ist er sogar schon gestorben.»

«Du hast auch nicht geglaubt, dass ich gestorben bin.»

Diese unwiderlegbare Logik brachte Petr zum Lachen. «Ich sehe, dass Bartholomäus dich zum Philosophen erzogen hat», sagte er erheitert. Doch dann sah er den Jungen still und aufrecht dasitzen, und sein Gesicht wurde ernst.

«Bist du deshalb mitgekommen?», fragte Petr plötzlich. «Hoffst du, den Adler wieder zu sehen?»

«Ja.»

Die tiefe Zuversicht in seiner Stimme entlockte Petr ein Seufzen. «Und ich glaubte, du wolltest deine Mutter wieder sehen», sagte er.

«Ich möchte Marta und Josef sehen.»

«Deine Mutter vielleicht. Aber nicht deinen Vater, Johannes. Du musst versuchen, dich damit abzufinden.»

«Ich will sie beide sehen.»

Petr war etwas beunruhigt, aber er wusste, dass weitere Worte darüber zu nichts führen würden. Achselzuckend warf er die letzten Äste in das erlöschende Feuer.

«Es ist Zeit, dass wir uns niederlegen», sagte er. «Wir haben morgen noch einen langen Marsch vor uns.»

Am Nachmittag erreichten sie die Höhle, in der Josef seinen Sohn vor so vielen Jahren versteckt hatte. Bevor sie hineingingen, führte Petr Stephan zu dem vorspringenden Felsen über dem Wasserfall, von wo aus er hoffte, ihm das in der Ferne liegende Bletz zum ersten Mal zeigen zu können. Doch tiefhängende Wolken verdeckten die Sicht, und man konnte nichts ausmachen als die undeutlichen Umrisse der Baumwipfel. Petr versuchte, nicht enttäuscht zu sein, und führte Stephan zu der

Höhle, wo er beiseite trat und ihn zuerst hineingehen ließ. Erwartungsvoll sah er zu, wie der Junge darin herumhinkte, die Wände und die Decke berührte. Er hatte den merkwürdigen Eindruck, die Höhle sei jetzt viel kleiner als in seiner Erinnerung, doch er kam zu dem Schluss, dass ihm das nur so erschiene, weil Stephan gewachsen war.

«Dein Vater musste sich immer bücken, um hineinzukommen», sagte er in der Hoffnung auf eine Antwort. Stephan nickte und hinkte tiefer in die Höhle hinein.

Kurz darauf ertönte ein ärgerlicher Aufschrei, als Stephan im Dunkeln gegen einen Felsen stieß; er kam heraus und rieb sich sein angeschlagenes Knie.

«Es riecht modrig dort hinten», sagte er und verzog das Gesicht.

Petr war enttäuscht.

«Ist das wirklich die Höhle, in die Josef mich brachte?», fragte der Junge.

Die Kritik, die in der Frage lag, und der verächtliche Ton in Stephans Stimme machten Petr so ärgerlich, dass er nicht antworten konnte. So viel Schmerz, so viel Mühe, so viel Gefahr, dachte er, und dem Jungen scheint das alles gleich zu sein.

«Nun?», fragte er ungeduldig. «Erinnerst du dich daran?»

«Ich bin nicht sicher», antwortete Stephan nach kurzem Nachdenken. «Vielleicht. Aber jetzt werde ich mich daran erinnern», fügte er mit einem aufreizenden Lächeln hinzu.

Petr schnaubte vor Enttäuschung. Er hatte sich so viel mehr erwartet und hatte nach Kräften versucht, Stephans Gedächtnis nachzuhelfen, indem er ihm den Besuch beschrieb, den er mit dem Holzfäller dort gemacht hatte. Doch jene Tage der Kindheit, in denen Stephan mit dem Hasen davongelaufen war, um sich im hinteren Teil der Höhle zu verbergen, waren in einer Vergangenheit begraben, die für immer unzugänglich blieb.

Sie saßen in der Höhle und nahmen ein verspätetes Mittagessen zu sich, das aus ihren dahinschwindenden Vorräten bestand, während Petr über den Besuch bei Marta sprach.

«Ich gehe zuerst alleine hin», sagte er. «Es wird eine große Erschütterung für deine Mutter sein, wenn sie erfährt, dass du noch lebst; ich muss sie vorsichtig darauf vorbereiten. Es ist zu gefährlich, sie am Tag zu besuchen, deshalb werde ich im Wald warten, bis es dunkel ist. Ich komme morgen sehr früh hierher zurück, und wenn alles gut gegangen ist, können wir uns am Abend zusammen auf den Weg machen. Während ich weg bin, darfst du nicht zu weit von der Höhle fortgehen. Versprich es mir.»

Es begann schon dunkel zu werden, als er neben dem Wasserfall hinabkletterte. Er winkte Stephan noch einmal kurz zu, der ihm von oben aus nachsah, und eilte davon.

Stephan setzte sich auf einen Felsen und sah müßig zu, wie das Wasser tief unten in das dunkle Becken fiel. Seine Gedanken huschten hin und her zwischen Bartholomäus, den er kannte und liebte, Petr, den er inzwischen schätzte und dem er vertraute, und den Eltern, die er nur dem Namen nach kannte. Er versuchte sich vorzustellen, wie er in der Höhle gelebt hatte – aber vergeblich. Es erstaunte ihn, dass er sie in Gedanken nicht mit Josef, sondern mit dem Adler verband. Sein Blick wanderte zum Himmel, und einige Augenblicke lang versuchte er, den großen Vogel durch seine Willenskraft zum Erscheinen zu zwingen. Er stand auf und begann zu rufen, wie er es so oft in der Vergangenheit getan hatte. Doch wie immer kam keine Antwort. Ein kalter Windstoß ließ ihn erschaudern, und betrübt zog er sich in die Höhle zurück.

Doch seine Schreie waren nicht ungehört verhallt. Dem Wind trotzend und reglos in der Luft schwebend, hatte der goldene Adler die kleine Gestalt am Wasserfall ins Auge gefasst. Er war zu hoch oben, als dass ein menschliches Auge ihn als dunklen Punkt vor den finster drohenden Wolken hätte wahrnehmen oder sehen können, wie seine riesigen Schwingen zu schlagen begannen, als er sich wieder auf den Weg zu seinem Horst begab.

Er war immer noch ein majestätisches Geschöpf, aber als er auf dem Felsvorsprung landete, keuchte er leise, und die Farben der vom Wind zerzausten Federn waren verblichen. Die Schreie, die er ausstieß, hatten etwas von ihrer alten Kraft verloren. Aber seine Botschaft war deutlich zu hören: Ich sehe alles!

Kapitel 23

Petr ging mit gleichmäßigen Schritten auf den Wasserfall zu und blieb dann zum ersten Mal, seit er den Wald verlassen hatte, stehen, schwer atmend, die Hände in die Hüften gestützt. Er sah zurück auf den Weg, den er gerade gekommen war, und dann hinauf in die glitzernden Wasserstrahlen. Es war kühl im Schatten der steilen Felswand, aber er schwitzte, denn er war seit dem Morgengrauen auf den Beinen. Das Donnern des Wasserfalls drang in seine Ohren, und er fühlte sich plötzlich müde und alt.

«Ich muss verrückt sein», murmelte er vor sich hin. Murrend kniete er nieder und benetzte sein Gesicht mit dem eiskalten Wasser aus dem Becken.

Er hatte fast erwartet, Stephan oben vorzufinden, aber der Felsvorsprung war leer, und er rief zur Höhle hinüber. Als er keine Antwort erhielt, runzelte er die Stirn und ging hinein, fand sie aber verlassen. Decken und offene Bündel lagen herum, aber von Stephan keine Spur. Das erinnerte ihn nur allzu sehr an damals, als er mit Josef gekommen war. Leise fluchend lief er hinaus und rief wieder nach Stephan.

In seiner gegenwärtigen Stimmung war er eher verärgert als erleichtert, als ihn eine vertraute Stimme aus der Höhe begrüßte. Stephan kletterte von seinem Platz etwas weiter oben auf dem Berg herab und winkte ihm glücklich zu.

«Ich habe dir gesagt, du sollst hier bleiben», sagte er, als der Junge näher kam.

«Ich habe mich nur umgesehen.»

Petr ging brummend in die Höhle und setzte sich nieder.

«Nun?», fragte Stephan und setzte sich neben ihn.

«Nun was?»

«Warst du bei Marta?»

«Ja.»

«Und?»

Petr sah das erwartungsvolle Gesicht seines Gefährten und musste sich widerwillig eingestehen, dass es unvernünftig war, verärgert zu sein, nur weil der Junge ein wenig umhergestreift war. Er schrieb seine schlechte Laune seiner Müdigkeit zu und sagte: «Ja, ich war bei deiner Mutter, Johannes. Sie ist überglücklich bei dem Gedanken, dich heute Abend zu sehen.»

«Müssen wir so lange warten? Warum können wir nicht jetzt gleich gehen?»

«Weil es zu gefährlich ist. Außerdem habe ich nicht geschlafen, und es ist ein weiter Weg für einen alten Mann wie mich. Lass mich ausruhen, und dann berichte ich dir.»

Petr wickelte sich in eine Decke und legte sich nieder, den Rücken Stephan zugewandt. Die Begegnung mit Marta hatte ihn seelisch erschöpft, und die Stunden, die er im Wald verbracht hatte, als er auf die Dämmerung wartete, waren unangenehm kalt und feucht gewesen. Doch vor allem hatten die Monate in den Bergen seine Widerstandskraft geschwächt. Schon bald war er tief eingeschlafen und schnarchte.

Einige Stunden später, als er erwachte, sah er, dass Stephan immer noch auf demselben Platz wie zuvor saß. Es sah aus, als hätte er sich die ganze Zeit nicht von der Stelle gerührt. Als Stephan sah, dass er erwacht war, lächelte er gewinnend und begann inständig zu bitten.

«Lass uns nicht bis zum Abend warten, Petr. Sag, dass wir bald gehen können. Bitte. Wir müssen ja nicht bei Marta sein, bevor es dunkel ist. Wir können im Wald warten. Niemand wird uns sehen. Ich verspreche, alles zu tun, was du mir sagst. Bitte.»

Es war unmöglich, ihm zu widerstehen. Petr machte einen halbherzigen Versuch, Widerstand zu leisten, der aber nicht sehr erfolgreich war, und bald gab er nach.

Sie aßen die Reste des mitgebrachten Essens, packten alles zusammen und verließen mit ihren Bündeln auf dem Rücken die Höhle.

Von einer hohen Felsenspitze aus sah der immer wachsame Adler, wie sie sich auf den Weg machten. Schon kurz nach Tagesanbruch hatte er sich hier niedergelassen, doch er beeilte sich nicht, den Reisenden zu folgen, denn ihm würde es ein Leichtes sein, sie einzuholen. Im Augenblick war es ihm wichtiger, sich im Sonnenschein zu wärmen.

Es war später Nachmittag und noch recht hell, als die Reisenden die Grenze des Waldes erreichten. Von hier aus konnten sie nicht weit vor sich die Behausung des Holzfällers liegen sehen, und Petr gebot Einhalt. Stephan, der all seine Versprechungen vergessen hatte, drängte seinen Führer zum Weitergehen. Doch diesmal blieb Petr fest.

«Wenn du schon nicht an deine eigene Sicherheit denkst», sagte er streng, «dann denke an die deiner Mutter. Es wäre alles aus, wenn jemand uns hier fände.»

«Wer soll denn hierher kommen?»

«Hör mir zu, Johannes. Du kannst das nicht verstehen, aber ich weiß, wovon ich spreche. Und ich sage dir, dass hier überall Gefahr lauert. Wir wollen jetzt nicht mehr darüber sprechen. Wir werden hier warten, bis es dunkel ist.»

Nachdem sie einen versteckten Platz zwischen Farnen und Brombeersträuchern gefunden hatten, legten sie ihre Bündel ab und ließen sich nieder, um auf den Einbruch der Dunkelheit zu warten.

Stephan sah unverwandt auf die Hütte, die einst sein Zuhause gewesen war. Sie sah verlassen und leer aus. Das Strohdach war beschädigt, und die daneben aufgestapelten Holzstämme lagen gewiss schon monatelang unberührt da, denn sie waren mit Moos bewachsen und vermoderten von unten herauf. Er nahm an, dass Marta in der Hütte wäre, doch das einzige Lebenszeichen war eine dünne Rauchsäule, die still aus dem Dach aufstieg und manchmal in ihre Richtung geweht wurde. Der süßliche Geruch des Rauchs erinnerte Stephan an die Hütte des Einsiedlers. Das vertraute Bild mit den vor der Hütte angebundenen Ziegen und dem Bach, der durch die Lichtung floss, schwebte ihm vor Augen. Er versuchte sich vorzustellen, was Bartholomäus wohl in diesem Augenblick täte. Er wünschte, der Einsiedler wäre jetzt bei ihm, um ihm das merkwürdige Gefühl der Beunruhigung zu nehmen, das er angesichts der Begegnung mit Marta hatte. Er runzelte die Stirn, richtete sich auf und betrachtete das Stückchen Himmel, das zwischen den Zweigen sichtbar war. Er sah riesige Wolken, die sich zusammenzogen, sonst nichts.

Petr, der auf den Ellbogen gestützt dasaß und jede seiner Bewegungen beobachtete, sah diesen nach oben gerichteten Blick und wusste genau, was in dem Kopf des Jungen vor sich ging. Und nicht zum ersten Mal regten sich in ihm Zweifel, ob es klug gewesen war, die bevorstehende Begegnung herbeizuführen.

Bei seinem Besuch letzte Nacht hatte er Marta in einem sehr schwachen Zustand vorgefunden. Er hatte beinahe Angst davor gehabt, ihr zu sagen, dass ihr Sohn noch lebte. Zunächst glaubte sie es nicht, doch als er sie schließlich überzeugte, dass es stimmte, weinte sie lange. Er versuchte, sie darauf vorzubereiten, dass ihr Sohn nicht mehr das Kind sei, wie sie es kannte.

Aber er hatte es nicht über sich gebracht, den Adler zu erwähnen. Der Adler! Seine Gedanken kehrten so oft zu diesem Geschöpf zurück, das er nie gesehen hatte. Es war so schwer zu glauben. Aber welche Erklärung gab es sonst dafür, dass der Junge solch sonderbare Laute von sich gab? Er schüttelte den Kopf und sah unwillkürlich zum Himmel auf, wo er für einen Augenblick glaubte, etwas Dunkles zwischen den Wolken kreisen zu sehen. Bevor er sich wieder gefasst hatte, wurde er wieder auf die Erde zurückgeholt durch eine Hand, die seinen Arm packte.

Er sah erst zu Stephan hin und dann in die Richtung, auf die der Junge mit einer Kopfbewegung verwies. In einiger Entfernung hinter den Eichen war eine Gestalt zu sehen.

«Lobvic!», stieß Petr leise hervor. Und als er spürte, wie Stephan sich neben ihm anspannte, streckte er eine Einhalt gebietende Hand aus.

Sie sahen, wie der Zimmermann, der mit seinen dürren Beinen und dem um die Schultern flatternden Umhang wie ein komischer Vogel wirkte, auf die Hütte zulief. Der Mann blieb einen Augenblick stehen, vermutlich um Atem zu holen, und klopfte dann an die Tür. Er musste noch mehrmals klopfen, bevor die Tür langsam geöffnet wurde.

«Deine Mutter», flüsterte Petr.

Stephan schob sich vorsichtig nach vorn, um die Gestalt besser zu sehen, die auf der Schwelle stand. Da er noch nie eine Frau gesehen hatte, betrachtete er interessiert ihre Kleider und war überrascht, dass sie so klein aussah, vor allem neben der langen Gestalt des Zimmermanns, der sich lässig an den Türrahmen lehnte, während er mit Marta sprach. Sie war zu weit entfernt, als dass Stephan ihr Gesicht deutlich erkennen konnte, aber er sah, dass es blass und von grauem, anliegendem Haar umrahmt war. Er strengte sich an zu hören, was die beiden redeten, aber ihre Worte blieben unverständlich. Er hörte das Lachen des Mannes und spürte, dass es Marta quälte. Nach einiger Zeit drängte sich der Zimmermann an ihr vorbei ins Innere, und sie folgte ihm mit offensichtlichem Widerwillen. Die Tür wurde geschlossen, und angespannte Stille lag über der Szene.

«Was hat er vor?», brummte Petr, laut denkend.

Sie sahen gebannt zu der Hütte hin und warteten auf den Augenblick, in dem sich die Tür wieder öffnen würde. Plötzlich drang ein furchtbarer Schrei aus dem Inneren. Es war Martas Stimme, und der Schrei kam so unvermittelt, dass die beiden Beobachter auffuhren. Einen Augenblick ließ Petr Stephans Arm los, der sofort aufsprang und sich krachend einen Weg durch das Unterholz bahnte. Bevor Petr ihn einholen konnte, war er schon auf dem freien Feld und stürmte auf den Holzstoß zu. Er packte einen obenauf liegenden Knüppel und begann so laut zu schreien, wie Petr, der verzweifelt versuchte, ihn einzuholen, es noch nie gehört hatte.

Auf den Lärm hin kam Lobvic heraus, und noch bevor er eine Bewegung machen oder sich verteidigen konnte, wurde er von einem mächtigen Schlag mit dem Knüppel auf den Kopf getroffen und fiel zu Boden.

In einem Augenblick war alles vorüber, und Petr blieb wie angewurzelt stehen. Er starrte den Zimmermann entgeistert an; der lag reglos da, Blut rann aus einer offenen Wunde. Er lief zu ihm, kniete sich neben ihm nieder und sah mit Entsetzen, dass Lobvic tot war. In einer zornigen Aufwallung erhob sich Petr und stürzte sich auf den jungen Burschen, der einen wilden Tanz vollführte, kreischte und die Stange über seinem Kopf schwang. Er schrie ihn an, um ihn zum Aufhören zu bewegen, griff nach der Stange, und nach einem Handgemenge, bei dem er in den wilden Tanz hineingezogen wurde, gelang es ihm, sie Stephans Händen zu entwinden. Er warf sie weg, und beide fielen, um sich schlagend, zu Boden.

«Du Narr! Du Narr!», rief Petr, der die Oberhand gewonnen hatte und Stephan zu Boden drückte. «Du hast ihn getötet!»

«Petr?», rief eine Stimme. «Bist du es?»

Die beiden Kämpfenden hielten inne und sahen Marta auf der Schwelle stehen. «Ja, ich bin es», keuchte Petr, machte sich aus Stephans Griff frei und erhob sich zitternd.

Marta schrie entsetzt auf, als sie den toten Zimmermann sah. Sie schwankte und versuchte, sich an der Tür festzuhalten. Petr, der glaubte, sie würde in Ohnmacht fallen, lief zu ihr hin, um sie zu stützen.

«Ich dachte, ich hätte einen Vogel schreien gehört», murmelte sie benommen.

«Das war kein Vogel», antwortete Petr wütend. Er sah, dass sie Stephan ungläubig anstarrte, und sagte betroffen: «Das ist dein Sohn. Ich fürchte, er hat den Zimmermann getötet.»

Sie machte sich von Petr frei und ging mit unsicheren Schritten auf Stephan zu, der sich auf beiden Beinen hin- und herwiegte. Einen Augenblick lang sahen sich Mutter und Sohn schweigend an. Dann fragte Marta mit staunender und sorgenvoller Stimme: «Bist du wirklich mein Sohn? Bist du wirklich Stephan?»

«Ich heiße Johannes», sagte der Junge misstrauisch.

«Er glaubt, sein Name sei Johannes», versuchte Petr zu erklären. «Aber es gibt keinen Zweifel – er ist dein Sohn.»

Bei diesen Worten nahm Marta Stephan weinend in die Arme. Der Junge wusste nicht, was er tun sollte. Er sah Petr Hilfe suchend an, aber dessen wütendes Gesicht blieb verschlossen. Die zitternden Arme und das Schluchzen, das den zarten, gebrechlichen Körper, den er so nahe an dem seinen spürte, erbeben ließ, schienen Tröstung zu fordern, und so umschloss er seine Mutter mit einer plötzlichen, ungeschickten Bewegung mit den Armen.

Petr, der ein wenig abseits stand, dachte: «Er kehrt zurück, wie er wegging – unter Tränen.»

In der Abenddämmerung trugen die beiden Männer Lobvics Leichnam in den Wald. Sie arbeiteten schweigend und planmäßig und bedeckten ihn mit Erde und Farnkraut, bis Petr durch ein kurzes Nicken zu verstehen gab, dass er zufrieden sei. Immer noch schweigend, verließen sie mit langsamen Schritten den Schauplatz ihrer Arbeit. Der Leichnam würde vielleicht nie gefunden werden, aber Petr wusste, dass man den Zimmermann binnen kurzem vermissen würde. Bis jetzt war noch keine Gelegenheit gewesen, Marta nach dem Grund für den Besuch des Mannes zu fragen, doch es war nicht schwer zu erraten, dass der Schmied seine Hand im Spiel hatte. Vielleicht wartete Hans sogar jetzt gerade auf seinen Kumpan. Als sie in die Hütte zurückkamen, hatte sich Marta beruhigt. Sie rührte in einem Topf mit Suppe und sah den Eintretenden lächelnd entgegen.

«Ich habe euch nichts Besseres anzubieten», sagte sie. «Aber ihr müsst beide hungrig sein. Setzt euch. Es ist bald fertig.»

Sie erwähnte den Zimmermann nicht, und Petr behielt die Fragen, die ihm auf der Zunge lagen, für sich. Er saß auf einem Hocker am Tisch, auf dem ein Talglicht flackerte, und sah Stephan zu, der rastlos durch den Raum hinkte und in alle Ecken sah. Er wunderte sich, ob es nur aus Neugier geschah oder ob der Junge nach etwas suchte, das ihn an seine Kindheit erinnerte. All dies – der eigentliche Grund ihres Besuches – war durch den plötzlichen Tod des Zimmermanns in den Hintergrund gedrängt worden.

«Wir können nicht lang bleiben», sagte Petr, das Schweigen brechend.

«Ich weiß», antwortete Marta mit schlichter Ergebenheit.

Ihre Blicke trafen sich, und sie bestätigten einander schweigend, was beide wussten – Stephan würde fortgehen müssen, um vielleicht nie wieder zurückzukehren.

«Ich will Josef sehen», verkündete der Junge und trat ins Licht.

«Das ist unmöglich», erwiderte Petr.

«Ich werde in die Burg gehen und sagen, dass ich ihn sehen will.»

«Das ist unmöglich. Dein Vater ist im Gefängnis. Und du hast einen Menschen getötet.»

«Es war ein böser Mensch.»

«Das tut nichts zur Sache. Du hast dich und deine Mutter in Lebensgefahr gebracht. Hat sie denn noch nicht genug gelitten?» Ein wütender Wortschwall brach aus Petr hervor. «Du musst fort von hier. Geh dorthin zurück, wo du hergekommen bist.» Er machte eine unbestimmte Handbewegung zu den Bergen hin. «Geh zu Bartholomäus zurück. Geh und lass deine Mutter in Frieden.»

Als seine Wut verraucht war, vergrub Petr das Gesicht in den Händen und murmelte mit gequälter Stimme: «Ich hätte dich nicht hierher bringen sollen. Ich bin ein Narr. Ein Narr, der sich in fremde Angelegenheiten mischt.»

Der, dem seine Wut galt, sah ihn stirnrunzelnd an, starr und stumm. Marta, die in wortlosem Schweigen zugehört hatte, den Löffel in der Hand, nahm den Topf von seinem Haken über dem Feuer und stellte ihn auf den Boden. Sie ging rasch zu Petr und berührte ihn leicht an der Schulter.

«Mach dir keine Vorwürfe, Petr», sagte sie. «Ich bin froh, dass du mir meinen Sohn zurückgebracht hast. Er hat recht: Lobvic war ein böser Mensch. Es tut mir Leid, dass mein Sohn es sein musste, der ihn tötete. Aber es tut mir nicht Leid, dass er tot ist.»

Sie wandte sich um und sah den Jungen am Feuer an. Sie fand ihn hübsch und stark. Gerne hätte sie Zeit gehabt, um ihn kennen zu lernen, aber mit dem Gespür einer Mutter fragte sie sich, ob das überhaupt möglich sei.

«Stephan … Johannes, wie du genannt werden möchtest, du musst gehen, sobald du gegessen hast», sagte sie sanft. «Du kannst deinen Vater nicht sehen. Selbst wenn Lobvic noch lebte, könntest du deinen Vater nicht sehen. Es ist zu spät.»

«Was meinst du mit zu spät?»

«Die Dinge stehen sehr schlecht im Dorf – vielleicht hat dir Petr davon erzählt. Wir haben alle Hunger. Viele sind krank. Jede Woche sterben mehr Leute. Früher hatten wir Petr, der sich für uns einsetzte. Jetzt haben wir niemanden. Und nicht einmal Petr könnte uns jetzt noch helfen.»

«Was willst du damit sagen, Marta?» Petr sah erschrocken auf.

«Ein paar Männer hatten einen Aufstand geplant. Um mir das mitzuteilen, war der Zimmermann hierher gekommen. Er prahlte damit, dass er es selbst herausgefunden habe. Er sagte, es sei seine Pflicht, es dem Dorfvorsteher zu erzählen. Dieser Schurke. Hans hat es sicher unserem gnädigen Herrn verraten, und heute Morgen wurden die Männer gefangen genommen und in die Burg gebracht. Graf Boleslav hat sie zum Tod verurteilt. Sie sollen morgen auf den Scheiterhaufen kommen.»

«Und Josef?»

Die Tränen traten Marta in die Augen, und sie schüttelte den Kopf, unfähig, etwas zu sagen.

«Was ist mit Josef?», beharrte Petr. «Wir hörten dich schreien. Hatte das etwas mit Josef zu tun?»

«Er muss mit den anderen sterben», schluchzte Marta und presste sich die Hände auf den Mund.

Petr, der Stephan kannte, hätte wissen müssen, dass der

Schrei, der nun folgte, unvermeidlich war. Aber Marta starrte ihren Sohn entgeistert an. Sie hörte nur mit halbem Ohr, wie das Feuer zischte, als ein plötzlicher heftiger Windstoß Regen durch das Loch im Dach hereintrieb. Doch als das Wasser schon durch die schwächsten Stellen im Stroh drang, war sie gezwungen, sich aufzuraffen und etwas gegen die Nässe am Boden zu unternehmen. Sie lief durch den Raum und stellte Töpfe und Teller an den Stellen auf, die sie genau kannte, weil sie es schon oft genug hatte tun müssen.

Petr, der schweigend ins Leere gestarrt und sich weder um Schreie noch um den Regen gekümmert hatte, hob langsam den Arm und ließ mit einer heftigen Bewegung, die das Talglicht löschte, seine Faust krachend auf den Tisch niedersausen.

«Es ist Zeit, dem ein Ende zu machen», erklärte er. «Wir gehen zusammen», fügte er hinzu, denn er wusste, der Junge würde es nie zulassen, dass er allein ging.

«Der Adler wird uns helfen», verkündete Stephan und warf den Kopf hoch.

Im Halbdunkel fielen die Regentropfen in die irdenen Gefäße, spritzten über den Rand und hinterließen nasse Ringe auf dem Lehmboden.

Kapitel 24

Hans fand keinen Schlaf. Selbst der rastlose, von Albträumen heimgesuchte Schlaf, an den er inzwischen gewöhnt war, stellte sich nicht ein. Er hatte bis spät in der Nacht auf Lobvic gewartet und sich schließlich, immer noch wütend auf den Zimmermann, in Kleidern auf seinen Strohsack gelegt.

Hans wollte sicher sein, dass Lobvic seine Befehle ausgeführt hatte und zur Hütte des Holzfällers gegangen war. Vor allem aber gierte er nach der Befriedigung zu hören, dass Martas Lebenswille durch die Nachricht von der bevorstehenden Hinrichtung ihres Mannes endgültig gebrochen wäre. Schließlich hatte er die ganze Sache bewerkstelligt – zugegebenermaßen mit Hilfe des Priesters.

Sie gaben ein gutes Gespann ab, Pater Vilem und er selbst. Er hörte das Gras wachsen, und der Priester fand immer die richtigen Worte, um den Herrn von Bletz dazu zu bringen, das zu tun, was sie wollten. Der Priester schien zufrieden zu sein, dass er immer dicker wurde, und Hans hatte Holz für das Feuer und genug zu essen für sich und seine Familie, was die anderen nicht von sich sagen konnten. Alles war nur ein Kampf ums Überleben, und da nur die Stärksten überlebten, würde er nie aufhören, dafür zu kämpfen, zu den Stärksten zu gehören – um welchen Preis auch immer. Als er zufällig mit anhören musste, dass einige Bauern die Tapferkeit des Holzfällers lobten, trieb ihn das zu dem Entschluss, sich des Mannes ein für alle Mal zu entledigen.

Er war schon im Morgengrauen wieder auf den Beinen,

schlug die Arme über der Brust zusammen, um sich zu erwärmen, und runzelte die Stirn, als er sah, dass es auf die Torfbrocken über der Glut regnete. Trotz seines fortgeschrittenen Alters war er immer noch ein bärenstarker Mann, und in seinem schwarzen Haarschopf waren nur hie und da die ersten grauen Strähnen zu sehen.

Seine Familie schlief noch, als er zur Tür ging und hinaussah. Angesichts des unaufhörlich fallenden Regens fragte er sich, ob die Hinrichtungen verschoben werden würden. Dann erregten zwei Gestalten seine Aufmerksamkeit, die geradewegs die schlammige Dorfstraße heraufgestapft kamen. Mit ihren schweren Bündeln auf dem Rücken und den nassen Kapuzenumhängen sahen sie aus wie Reisende. Der eine schien ein alter Mann zu sein, der andere, jüngere war ein Krüppel.

Hans blieb im Türrahmen stehen, bis sie beinahe auf seiner Höhe waren, und trat ihnen dann einen Schritt entgegen. Mit grimmiger Befriedigung stellte er fest, dass sein plötzliches Erscheinen sie erschreckte.

«Ein scheußlicher Morgen», sagte er und versuchte, die Gesichter unter den rauhen Kapuzen zu sehen.

«Vor allem für Reisende», murmelte der Ältere der beiden. Er bedeckte mit einem Teil der Kapuze sein Gesicht, sodass nur seine Augen zu sehen waren.

«Seid ihr aus der Gegend hier?»

«Wir sind Fremde», sagte der Krüppel, zeigte sein Gesicht und starrte Hans mit einer Direktheit an, die dem Schmied unangenehm war.

«Seid ihr weither gekommen?»

«Weit genug», brummte die verdeckte Stimme.

Hans runzelte die Stirn. Die schroffe Stimme kam ihm merkwürdig bekannt vor, aber er wusste nicht woher.

«Welches Dorf ist das?», fragte der Krüppel.

«Bletz», antwortete Hans, den Blick immer noch auf das verdeckte Gesicht gerichtet.

«Und was ist das dort oben?», fragte der junge Mann und zeigte auf das steinerne Gebäude auf dem Hügel.

«Die Burg von Bletz. Dort wohnt Graf Boleslav.»

«Vielleicht finden wir dort Unterkunft.»

Der Schmied gab ein abfälliges Lachen von sich. «Das glaube ich nicht. Fremde sind in Bletz nicht willkommen – vor allem heute.»

«Was ist heute so besonders?»

«Es wird Hinrichtungen geben.»

«Wird jemand gehängt?»

«Nein, verbrannt.»

«Wir haben viel gesehen auf unseren Reisen, aber nie, wie jemand auf dem Scheiterhaufen verbrannt wird. Das möchte ich sehen.»

«Ich hab euch doch gesagt, dass Fremde in Bletz nicht willkommen sind. Glaubt mir nur, sie lassen euch nicht in die Burg.»

«Finden die Hinrichtungen dort statt?»

«Ihr stellt eine Menge Fragen.»

«Er ist nur neugierig», sagte die raue Stimme. «Er meint es nicht böse.»

«Hört auf meinen Rat und geht weiter. Das ist kein Ort für Fremde.»

«Ihr sprecht wie jemand, der etwas zu sagen hat und der hier Bescheid weiß», sagte der Mann mit der Kapuze.

«Das tu ich auch», prahlte der Schmied mit einer hochmütigen Bewegung seines Kinns. «Ich bin der Dorfvorsteher von Bletz.»

«Dann enttäuscht Ihr uns aber», bemerkte der Reisende und hielt den Krüppel zurück, der plötzlich nach vorne geschossen war.

«Was heißt enttäuschen? Mir hat niemand was zu sagen. Ich kann kommen und gehen, wie ich will. Und ich kann dafür sorgen, dass unwillkommene Gäste hinausgeworfen werden.»

«Und uns die Möglichkeit verwehren, etwas Neues zu sehen? Etwas, was wir auf all unseren weiten Reisen noch nicht gesehen haben? Wenn Euer Wort so viel Gewicht hat, wie Ihr behauptet, könnt Ihr uns doch sicher Zutritt zur Burg verschaffen. Los, lasst den Burschen auch seinen Spaß haben. Lasst uns beide einen Tag erleben, den wir nicht so leicht vergessen werden.»

Die Forderung – oder Herausforderung – war so vorgebracht worden, dass Hans nachgeben musste, wenn er sein Gesicht nicht verlieren wollte. Er stimmte zu, sagte, dass er sie bei der Brücke treffen wolle, und ging in seine Hütte zurück.

Während sie auf den Schmied warteten, strömten Scharen von Bauern an ihnen vorbei auf dem Weg hinauf zur Burg. Viele von ihnen erkannte Petr wieder, und er hätte nur zu gern ihre fragenden Blicke beantwortet, indem er sich zu erkennen gab und sie grüßte. Er war entsetzt und zornig, als er ihre ausgemergelten Gesichter und ihre zerrissenen, schmutzigen Kleider sah. Als Hans dann wieder zu ihnen heraufkam, musste Petr sich sehr beherrschen, um nicht aus seiner Rolle als Fremder zu fallen.

«Sie gehören zu mir», rief der Schmied den Wächtern zu und führte sie durch das Tor in den Burghof, wo er sie sofort stehen ließ, um mit Vislav zu sprechen, der gerade hereingekommen war. Petr musste in sich hineinlachen angesichts der Ironie, dass es gerade Hans gewesen war, der ihnen freies Geleit in die Burg verschafft hatte. Die erste Hürde hatten sie mit solch überraschender Leichtigkeit genommen, dass er fast versucht war, dem Gott, an den er nicht glauben konnte, zu danken.

Es kam Petr merkwürdig vor, nach so langer Abwesenheit im

Burghof zu stehen – die hohen, steinernen Wände und das verschmutzte Kopfsteinpflaster unter seinen Füßen waren ihm so vertraut. Es war, als seien die dazwischenliegenden Jahre nichts als ein Traum gewesen. Er konnte sich nicht erinnern, je so viele Menschen im Burghof gesehen zu haben. Alle aus dem Grafschaftsbezirk waren da – Dorfbewohner, Bauern von entlegenen Höfen, Jung und Alt, sogar Säuglinge auf den Armen ihrer Mütter.

Bestimmt waren sie auf Anordnung des Grafen Boleslav gekommen; sie selbst sahen es freilich so, dass sie hier waren, um den armen Männern, die sterben sollten, beizustehen. Am meisten war Petr von ihrem Schweigen beeindruckt. Es schien, als hätten sie einmütig beschlossen, ihrem bitteren Groll dadurch Ausdruck zu geben, dass sie nicht sprachen – selbst das Schreien der Säuglinge wurde erstickt. Schweigend füllten sie den Burghof und stellten sich wie Arme, die sich schützend um einen Körper legten, rings um den riesigen Scheiterhaufen aus Kleinholz und Balken, der in der Mitte des Hofes stand.

Petr versuchte Marta in der Menge zu entdecken. Sie waren übereingekommen, dass es sicherer sei, wenn sie allein käme, und er hatte gesehen, wie sie den Hof betreten hatte. Doch jetzt war sie in dem Meer von Gesichtern untergegangen. Er hörte, wie Hans und Vislav mit barschen Stimmen fragten, ob jemand den Zimmermann gesehen hätte, und hoffte, dass sie Marta nicht entdecken würden.

Stephan, der neben ihm stand, ließ seine Blicke immerzu zwischen dem Himmel und dem Burghof hin- und hergehen. Der Anblick solch eines riesigen Gebäudes war für ihn aufregend, ob er es wollte oder nicht. Es erinnerte ihn an die Burg, in der Bartholomäus einst gelebt hatte. Selbst die Krieger mit ihren metallenen Helmen und ihren Kettenhemden waren genau so, wie der Einsiedler sie beschrieben hatte. Er tastete nach der Axt, die er aus der Hütte des Holzfällers mitgenommen hatte und die jetzt in dem Bündel zu seinen Füßen verborgen lag. Sein Blick kehrte zum Himmel zurück, und es schnitt ihm ins Herz, dass er leer war.

Ein Befehl, ausgerufen von einem Wachsoldaten, hallte von den Wänden wider, und wenige Augenblicke später wurden die großen hölzernen Torflügel geräuschvoll geschlossen. Das Volk von Bletz sollte gezwungen werden, bis zum bitteren Ende Zeuge der Hinrichtungen zu sein.

Weitere Befehlsrufe ertönten, und Männer mit Spießen begannen, die Menge zurückzudrängen, um zwei Wege freizuhalten – einen, der von einer Tür im Hauptturm zu einer hohen Plattform führte, auf der ein leerer Lehnstuhl stand, und einen anderen von einer niedrigen Tür in der Nähe des Wachhauses zum Scheiterhaufen. Und überdies kamen jetzt auch noch Bewaffnete aus dem Wachhaus, die brennende Fackeln über ihren Köpfen trugen und einen Ring um den Scheiterhaufen bildeten.

In dem Gedränge und Geschiebe der Menge wurde Petr plötzlich die festgehaltene Kapuze heruntergezogen, sodass man sein Gesicht sehen konnte. Noch bevor er es wieder bedecken konnte, erkannte ihn der Mann, der neben ihm stand.

«Petr!», rief der Bauer erstaunt.

«Petr?», fragten andere, die in der Nähe standen, und drehten sich um.

Und plötzlich ging der Name wie ein Lauffeuer durch die Menge.

Irgendwo vorne in der Nähe des Scheiterhaufens versuchte sich der Schmied über die Köpfe der anderen zu recken. «Petr?», rief er.

Petr zog den Kopf ein und gab denen, die ihm zunächst standen, mit dem Finger auf dem Mund zu verstehen, dass sie ihn nicht verraten sollten. Doch sie wussten, dass er unter ihnen war, und das rührende Lächeln der Hoffnung und Freude auf ihren Gesichtern zog die Blicke vieler Bauern an. Dann richtete der Klang von Hörnern die allgemeine Aufmerksamkeit wieder auf das schreckliche Ereignis, das bevorstand.

Graf Boleslav erschien am Eingang des Hauptturms, und alle neigten die Köpfe, als er zur Plattform schritt, gefolgt von der Gestalt des Priesters. Sie waren umgeben von einigen Kriegern, zu denen auch der Festungskommandant gehörte. Die Bewaffneten begaben sich auf ihre Posten rings um die Plattform, während ihr Kommandant die Stufen hinaufstieg und den Platz neben seinem Herrn einnahm. Seine geübten Augen überflogen rasch die Menge und die Aufstellung der Kriegsknechte und richteten sich dann auf den Scheiterhaufen. Er hoffte, dass er trotz des nächtlichen Regens rasch brennen würde. Er war ein Mann des Kampfes und hatte keine Vorliebe für solche Angelegenheiten.

Stephan sah finster und gebannt die kostbar gekleidete Gestalt an, die sich in dem Lehnstuhl niederließ. Er wusste, dass er den Tyrannen von Bletz vor sich sah, doch er war verwundert, dass der Mann, der die Macht hatte, über Leben und Tod aller zu entscheiden, so unbedeutend aussah. Stephan hatte sich den Herrn von Bletz immer so riesenhaft vorgestellt, wie es seiner übermäßigen Habsucht und Grausamkeit entsprach, doch nun war er nur ein kleiner, herausgeputzter, schwächlicher Mensch. Stephans Finger zerrten an dem doppelten Knoten des Bündels, und als er ihn gelöst hatte, griff er nach dem Stiel der Axt und zog sie heraus.

Petr, der es beobachtete, erschrak beim Anblick der Waffe. Rasch legte er die Hand auf den Stiel, wodurch er Stephan zwang, die Axt in ihrem Versteck zu lassen, und flüsterte: «Noch nicht. Noch nicht.»

«Wann?», fragte der Junge. Doch Petr konnte nur den Kopf schütteln.

Von dem Augenblick an, als Marta ihm von Josefs Schicksal erzählt hatte, hatte Petr vergeblich nach einer Möglichkeit gesucht, seinen alten Freund zu retten. Auch jetzt noch kreisten seine Gedanken ständig um diese Frage, doch bei all den Bewaffneten ringsum schien es aussichtslos zu sein.

Eine Bewegung ging durch die Menge, als die Leute versuchten, einen Blick auf die drei Anführer des Aufruhrs zu erhaschen, die nacheinander durch die niedrige Tür gestoßen wurden. Ihr Erscheinen wurde vom Aufschreien und Schluchzen ihrer Verwandten und Freunde begleitet. Sie waren bis zur Hüfte entblößt, und die Hände waren ihnen auf dem Rücken zusammengebunden. Sie versuchten, sich tapfer und trotzig aufrecht zu halten, aber die Wächter trieben sie mit ihren Schwertern vorwärts, sodass sie taumelten und stolperten.

Beinahe ohne dass es jemand bemerkte, wurde ein vierter Mann – eine große ausgemergelte Gestalt mit weißem Haar, in Kleidern, die nur noch schmutzige Lumpen waren – durch die Tür gestoßen. Geblendet vom Licht und zu schwach, um sich auf den Füßen zu halten, brach er auf den Pflastersteinen zusammen, bis Bewaffnete ihn hochrissen und auf den Knien zum Scheiterhaufen zerrten.

Stephan wusste sofort, dass das Josef war – der Mann, um dessentwillen er von so weit hergekommen war. Sein Herz raste, die Knöchel seiner Hände, die die Axt umklammerten, waren weiß, und sein ganzer Körper wurde geschüttelt von Wut und Mitleid. Er löste seinen Blick von dem Holzfäller, sah zum Himmel auf und öffnete den Mund zu einem Schrei, aber da presste sich eine Hand auf seine Lippen. Seine Augen blitzten Petr in ohnmächtigem Zorn an, aber der lockerte seinen Griff nicht und schüttelte heftig den Kopf.

«Komm jetzt.» Petr spürte unter seiner Hand, wie es der Junge mit erstickter Stimme hervorpresste. «Komm *jetzt.*»

Er folgte Stephans Blick zum Himmel und hörte sich selbst trotz all seiner Zweifel murmeln: «Komm jetzt. Wir brauchen dich jetzt.»

Ganz vorne in der Menge stand der Schmied und beobachtete, wie die Gefangenen an Pfähle gebunden wurden, die aus dem Scheiterhaufen ragten, während seine Gedanken wie besessen um die Frage nach Petr kreisten. Der Gedanke, dass der Mann, den er am meisten gehasst und gefürchtet hatte, hier irgendwo unter ihnen sein könnte, machte ihn rasend. Selbst als sein Spießgeselle ein Gebet für die Seelen der zum Tode verurteilten Männer anstimmte, brachte ihm das keine Erlösung von seiner Qual. Wieder drehte er sich um und überflog die Gesichter in der Menge.

Der Herr von Bletz hörte Pater Vilem nur mit halbem Ohr zu; er lehnte sich in seinem Stuhl zurück und bedauerte, dass er zu viele Hinrichtungen gesehen hatte, um sie noch als aufregend zu empfinden – selbst die weniger häufigen Verbrennungen. Er sah zu, wie die Kriegsknechte ihre Arbeit verrichteten und sich dann vom Scheiterhaufen entfernten. Er hörte, wie die dröhnende Stimme des Priesters verhallte. Alles Übrige war seine Sache. Er musste jetzt nur das Zeichen geben.

Der Regen hing inzwischen nur noch als Dunstwolke in der Luft, und er sah mit der Beiläufigkeit eines Mannes, der sich fragt, ob das Wetter gut genug für die Jagd sei, zum Himmel auf. Gerade wollte er den Arm heben, als er eine Stimme rufen hörte: «Ich bin es, Petr, Leute, hört mich!» – aber er hatte keine Zeit mehr hinzusehen. Plötzlich wie ein Blitz stürzte ein dunkler, fester Körper aus dem Himmel herab und traf ihn mitten im Gesicht. Der Schlag riss ihn von seinem Stuhl, und er fiel schreiend vor Schmerz mit geblendeten Augen nieder.

Irgendwo in der Menge ertönte der wilde Schrei eines Adlers. Bevor irgendjemand begriff, was geschah, hatte das fliegende Ungeheuer seine Krallen in das Gesicht des Priesters geschlagen. Auch er brach auf dem Podest zusammen, schrie und wand sich vor Schmerz. Doch schon hatten sich riesige Schwingen geöffnet, und das Wesen fiel mit Entschlossenheit über die Kriegsknechte her, die die Fackeln hielten. Dicht über die Köpfe der Menge raste der Vogel dahin, sodass Bauern wie Krieger voller Angst sich zu Boden warfen. Stephan aber sprang immer wieder in die Höhe, warf die Arme in die Luft und schrie aus Leibeskräften. «Adler! Adler!» Zu seiner großen Freude tat sein alter Beschützer kund, dass er ihn gesehen habe, indem er, über ihm kreisend, einen kurzen, gebieterischen Schrei ausstieß und dann noch einmal über die Köpfe der Menge hinwegstrich, bevor er sich hoch oben auf einer Mauer niederließ.

In all dem Durcheinander sah Petr dem Vogel mit sprachloser Bewunderung zu. Seine Größe und Stärke übertrafen alles, was er für möglich gehalten hatte. Als er sah, welch verheerende Spuren der Vogel hinterließ, wandelten sich die Zweifel, die er noch an Stephans Leben mit dem Adler gehabt hatte, in die tiefe Überzeugung, dass jedes Wort Wahrheit war. Dann versuchte er, die Gelegenheit zu ergreifen, selbst etwas zu tun, und bemühte sich, die Leute um sich zu scharen. «Wir müssen die Gefangenen befreien», rief er und bahnte sich einen Weg durch die Menge. Stephan und ein paar andere folgten ihm, doch schon bald wurden sie von der Menschenmenge und den Bewaffneten aufgehalten, die sich auf die barschen Befehle ihres Kommandanten hin aufgestellt hatten.

Zu seinem Entsetzen sah Petr vom Scheiterhaufen Rauch aufsteigen, auf den eine der Fackeln gefallen sein musste. Wieder rief er um Hilfe: «Ich bin es, Petr, hört auf mich! Holt die Männer vom Feuer weg.»

Doch niemand schien sich von der Stelle rühren zu können.

Der Kommandant mit den Narben im Gesicht hörte den Ruf, war aber entschlossen, die Menge von der Richtstätte und dem Podest fern zu halten, auf dem sein verletzter Herr und der Priester lagen und um Hilfe schrien. Er brüllte die Kriegsknechte an, sie sollten auf ihrem Posten bleiben.

Auch der Schmied hatte die Stimme gehört, aber er dachte an nichts anderes, als dass er den finden müsse, dem sie gehörte, und versuchte selbst, sich einen Weg durch die Menge zu bahnen, wobei er auf jeden eindrosch, der sich ihm in den Weg stellte.

Indessen versuchte Stephan, über das allgemeine Getöse hinweg den Adler herbeizurufen, der über ihnen kreiste.

Langsam begann das feuchte Holz des Scheiterhaufens zu trocknen, und der Rauch verwandelte sich in züngelnde Flammen.

Nach einer Zeit, die Stephan unerträglich lang zu sein schien, sah er, wie der Adler zögerte und dann auf ihn zugeflogen kam. Die Menschen rings um ihn, die mit offenem Mund die Furcht erregenden Schreie des merkwürdigen Burschen vernommen hatten, fielen auf die Knie oder bedeckten ihre Köpfe mit den Händen. Doch zu ihrem Erstaunen sahen sie, dass der Vogel über dem Jungen schwebte und den Stiel der Axt umklammerte, die er über seinen Kopf hielt. Sie spürten das heftige Schlagen der Schwingen und wie die Luft ihnen ins Gesicht fuhr.

Einen Augenblick lang wurde Stephan emporgehoben, aber gleich darauf berührten seine Füße wieder den Boden, weil die Schwingen die schwere Last nicht hatten tragen können. Mit anfeuernden Schreien drängte er den Vogel, es noch einmal zu versuchen. Wieder schlugen die Schwingen, und der Vogel hob Stephan langsam, unter Anspannung all seiner Muskeln vom Boden auf.

Beim Anblick des Jungen, der über ihren Köpfen schwebte,

stockte den Menschen der Atem. Lärm und Verwirrung waren für einen Augenblick wie gefroren zu starrem Schweigen. Mühsam versuchte der riesige Adler, zum Scheiterhaufen zu gelangen. Dann durchbrachen Angstschreie und gemurmelte Gebete die Stille, weil die Leute glaubten, sie seien Zeuge eines Gottesgerichts oder eines teuflischen Spuks. Selbst die Krieger ließen ihre Waffen sinken und bekreuzigten sich.

Über dem Scheiterhaufen ließ der Adler Stephan fallen und flog hinauf zu dem sicheren Platz, um sich auszuruhen.

Zum ersten Mal in seinem Leben war der Festungskommandant unentschlossen. Fassungslos sah er zu, wie der junge Bursche die Stricke, mit denen die Gefangenen an die Stangen gefesselt waren, mit wilden Axthieben durchtrennte. Selbst als die Verurteilten versuchten, vom Gerüst herunterzukommen und ein oder zwei Bauern zu ihnen liefen, um ihnen zu helfen, fand er seine Stimme nicht wieder, um sie gefangen nehmen zu lassen. Er spürte die Blicke seiner Männer, die auf seine Befehle warteten, aber die Welt, die er gekannt hatte, stand auf dem Kopf, und er wusste nicht mehr, was er tun sollte.

Wie gebannt starrten Bauern und Krieger auf Stephan, der nun den Holzfäller von der Stange befreite. Es stockte ihnen der Atem, als der arme Mann, geschwächt von den Monaten im Gefängnis und überwältigt vom Rauch, auf dem Scheiterhaufen zusammenbrach, und sie sahen mit Bangen, wie der Junge die Arme um ihn legte und ihn vom Feuer wegzog.

Ein Aufschrei der Erleichterung lief durch die Menge. Und plötzlich geriet alles in Bewegung.

Der Festungskommandant befahl den in der Nähe stehenden Bewaffneten, die verletzten Männer vom Podest zu holen und in Sicherheit zu bringen. Einige schlugen wild mit den Schwertern auf die Menge ein, um sie zurückzuhalten, während andere das erbärmliche Geschöpf wegtrugen, das einmal der gefürchtetste Mann von Bletz gewesen war. Eine dritte Abordnung, der es nicht gelang, die zitternde Körpermasse des Priesters hochzuheben, zerrten ihn an den Beinen in den Saal der Burg.

Die vornehme Stätte blieb nicht lange sicherer Zufluchtsort. Wenige Augenblicke, nachdem die Rettungsmannschaft angekommen war, durchbrach die Menge die Kette der Bewaffneten, die draußen den Weg versperrte, und strömte herein wie eine Flutwelle. Die Jahre des Leidens hatten aus den Bauern von Bletz mit einem Mal einen schreienden Haufen gemacht, dessen einziger Gedanke Rache war. Manche von ihnen trugen die Fackeln, die zu Werkzeugen der Hinrichtung bestimmt gewesen waren, andere hatten schwelende Holzstücke aus dem Feuer gezogen. Unter wilden Rufen und Gesängen zündeten sie die Wandbehänge an, warfen die lange Tafel um und setzten die Stühle in Brand. Sie rangen und kämpften wie Wahnsinnige mit den Kriegern, die von draußen hereingerannt kamen. Auf beiden Seiten gab es Tote und Verletzte, doch nichts konnte die Bauern davon abhalten, den zusammengekauerten Tyrannen und seinen elenden Priester zu packen.

Draußen brannte unbeachtet der Scheiterhaufen und füllte den Hof mit scharfem Rauch. Immer noch versuchten die Leute, lärmend in den Saal zu dringen; andere rannten verstört herum. Kleine Kinder, die von ihren Eltern getrennt worden waren, weinten verängstigt. Die Alten und Kranken klammerten sich Halt suchend aneinander. Eine Gruppe junger Mütter mit kleinen Kindern auf den Armen oder an den Rockschößen rannte zu den Toren, wo einige alte Frauen schon nach Kräften versuchten, die schweren Riegel zu öffnen.

Petr war vom Gedränge in irgendeine Ecke des Hofes geschoben worden, wo er jetzt auf dem Boden saß, den Rücken an eine Mauer gelehnt. Das heillose Durcheinander im Hof und die Geräusche der wilden Szenen, die aus der Burg drangen, widerten ihn an. Er hatte immer erleben wollen, dass die Leute von Bletz von ihrem unwürdigen Leben unter der tyrannischen Herrschaft des Grafen befreit würden, aber er hatte nie gewollt, dass es so geschähe. Es hätte nach Recht und Gesetz geschehen sollen. Fortbestehen war das Wort, das immerzu in seinem Kopf hämmerte. Doch was für Fortbestehen konnte es nach solch einem Blutbad geben?

Er sah das Bündel, das er mitgebracht hatte, irgendwo auf dem Pflaster liegen, und ohne recht zu wissen warum, stand er auf, um es zu holen. Er war nur wenige Schritte weit gekommen, als er eine bekannte Stimme seinen Namen rufen hörte. Es war Hans, bewaffnet mit einem Schwert, das irgendjemand in dem Wirrwarr hatte fallen lassen. Neben ihm war wie immer Vislav, bewaffnet mit einem Spieß. Petr griff nach seinem Bündel, hielt es schützend vor sich und flüchtete sich auf den freien Platz in der Nähe des Feuers. Seine Gegner lachten schallend und verfolgten ihn mit der hochmütigen Gemächlichkeit von Männern, die sich ihres Sieges sicher waren.

Ihr Lachen weckte Stephans Aufmerksamkeit. Die stolze Erregung, die er bei der Befreiung der Gefangenen empfunden hatte, war durch den plötzlichen Ausbruch der Menge gedämpft worden. Inmitten kämpfender Bauern und Krieger hatte er sich über den halb ohnmächtigen Josef gekauert, um ihn vor Fußtritten und Stößen zu schützen. Dann hatte sich Marta einen Weg zu ihnen gebahnt, und er war zurückgetreten, als sie sich auf den Boden warf, um ihren Mann in ihren Armen zu bergen. Als er nun das Lachen hörte, hob er den Blick, sah Petr bedroht von zwei bewaffneten Angreifern, ergriff die Axt, die in der Nähe lag und warf sich mit einem gellenden Schrei in den Kampf. Zwei gegen zwei gingen sie aufeinander los. Mit einem wilden Schwung schleuderte Stephan seine Axt nach

Vislav: Der wankte rückwärts, stolperte über ein Holzstück, das aus dem Feuer ragte, und fiel, bevor er sich retten konnte, hilflos in die Flammen. Petr hätte versucht, zu Vislav zu gelangen, aber der Weg wurde ihm von Hans versperrt, der mit dem gezückten Schwert auf ihn zustürzte. Stephan riss den Spieß an sich und schrie den Schmied an. Hans konnte sich gerade noch umdrehen, da durchbohrte die Waffe schon seine Brust.

Einen Augenblick stand er mit erstauntem Gesicht in der Schwebe zwischen Leben und Tod. Er konnte gerade noch hervorstoßen «Wer ist das?», hörte noch Petrs Antwort: «Der Sohn des Holzfällers», und fiel dann zu Boden.

Sein Tod wurde von zwei stolzen Schreien begleitet – der eine kam von dem Jungen, der siegestrunken über ihm stand, der andere von dem Vogel, der in langsamen, kreisenden Bewegungen von seinem hohen Sitz herabgeflogen kam.

Petr empfand dabei nur erdrückenden Kummer. Er wusste, dass er über den Tod des Schmieds froh sein sollte, aber er brachte es nicht übers Herz, den Jungen für seine Tat zu loben. Er drückte Stephan durch einen Blick seine Dankbarkeit dafür aus, dass er ihm das Leben gerettet hatte. Dann ging er mit einem entschuldigenden Achselzucken langsam auf seine alten Freunde Josef und Marta zu.

Stephan sah ihm nach, verwundert über sein Schweigen. Dann spürte er einen plötzlichen Luftzug, als der Adler neben ihm landete. Er hatte den goldenen Kopf hoch erhoben, den Schnabel zur Seite geneigt, und sah ihn durchdringend an. Dann stieß er plötzlich ein einladendes Krächzen aus, bei dem Stephans Gesicht vor Freude leuchtete. Er vergaß alles ringsumher – den Lärm, das brennende Holz, die düsteren Gesichter, die den Leichnam des Schmieds aus der Nähe sehen wollten; er dachte nicht mehr an seine Eltern, an Petr, selbst an die Mühe, die es dem Adler bereitet hatte, ihn zum Scheiterhaufen zu tragen; er hatte nur noch eines im Sinn – jene fernen Tage des Fliegens. Er hockte sich hin und wartete ungeduldig darauf, dass der Vogel auf seine Schultern hüpfte. Die Fänge des Adlers umklammerten ihn. Die mächtigen Schwingen begannen zu rauschen. Mit äußerster Anstrengung erhob sich das stolze Geschöpf zusammen mit dem Jungen in die Luft. Verzweifelt kämpfte er mit all seiner Willenskraft, doch es gelang ihm, zwischen keuchenden Atemzügen einen heiseren Schrei auszustoßen, mit dem er verkündete: Er gehört immer noch mir!

Verwunderte, ehrfürchtige Gesichter sahen durch den Rauch hindurch, wie das wundersame Paar sich über die Mauern der Burg erhob und ihren Blicken entschwand.

«Wer ist der Krüppel?», schrie eine Stimme. Petr, der neben Marta und Josef kniete, rief zornig: «Er ist der Sohn des Holzfällers – Stephan.»

Kapitel 25

Oh! Wie schön ist es, den Wind im Gesicht zu spüren, zu fühlen, wie er einem in die Haare fährt. Hinabzuschauen und die Erde unter sich hinweggleiten zu sehen. In der Luft zu schweben und die Freiheit des Himmels vor sich zu haben!

Das Ende kam, als sie gerade das Dorf mit den gepflügten Feldern überflogen hatten. Die schwer schlagenden Schwingen stockten, kämpften gegen das Schwinden der Kraft, versagten. Ein kurzer Schmerzensschrei ertönte, ein Warnruf, und dann raste die Erde auf sie zu. Der Vogel und der Junge stürzten zu Boden als ein Knäuel von Federn und Gliedmaßen.

Zerschlagen und atemlos, aber unverletzt, rappelte Stephan sich auf und wischte sich den Schmutz vom Gesicht. Er sah auf den Adler. Der lag reglos da, die Schwingen über die Erdfurchen ausgebreitet und den stolzen Kopf halb begraben in der Erde zwischen der grünen jungen Saat. Ein leichter Wind spielte mit den Federn und erweckte den Anschein, als sei noch Leben in ihnen.

Mit einem verzweiflungsvollen Schrei warf sich Stephan auf den Vogel, hielt die leblose Gestalt eine ganze Weile mit den Armen umschlungen und schluchzte, als wolle ihm das Herz brechen. Als seine Tränen versiegt waren, kniete er neben ihm nieder und legte behutsam die riesigen Schwingen an den toten Körper. Dann hob er den Adler auf seine Arme wie ein Kind, stand auf und hinkte langsam davon, den Blick auf die fernen Berge gerichtet.

Bartholomäus molk in aller Ruhe die Ziegen, als er zwischen den Bäumen eine Gestalt herannahen sah. Zuerst glaubte er, seine alten Augen hätten ihn getäuscht. Dann erhellte ein Lächeln sein zerfurchtes Gesicht, er ließ den Milchtopf fallen, kümmerte sich nicht um das Gemecker der Ziegen und lief, so schnell seine Beine ihn trugen, dem Jungen entgegen.

Als er den toten Vogel sah, den Stephan während des langen, mühseligen Weges über die Berge in seinen Armen getragen hatte, blieb der alte Mann stehen. Mitleid mit seinem erschöpften Träger erfasste ihn, und er eilte ihm mit ausgestreckten Armen entgegen.

Zu müde, um zu lächeln oder zu weinen, begrüßte Stephan seinen alten Lehrer mit den einfachen Worten: «Der Adler ist zurückgekommen.»

Sie begruben das einstmals so majestätische Wesen auf der Lichtung – einem Ort voller Erinnerungen. Als sie ihr Werk verrichtet hatten, versuchte Bartholomäus vergeblich, Stephan dazu zu bewegen, mit ihm zu kommen. Allein kehrte er in die Hütte zurück.

Er legte frische Holzscheite aufs Feuer und nahm die Bibel aus ihrem Kasten. Doch sein Kopf war zu sehr erfüllt von Fragen über die Vergangenheit und die Zukunft, als dass er sich auf das Lesen hätte besinnen können. Mit dem Buch in den Händen saß er da und sah zur offenen Tür.

Stunden vergingen, in denen Stephan reglos mit gekreuzten Beinen dasaß und wie gebannt mit beinahe wildem Blick auf den frisch aufgeworfenen Erdhügel starrte. In seinem Kopf bewegten sich Bilder, die immer wieder ineinanderflossen – Berggipfel und Klippen, Baumwipfel und weite Blicke in den freien Himmel. In seinen Ohren hallte ein endloses Gewirr von Tönen – zarter Lufthauch, heulende Winde und über all dem die rauen, gebieterischen Schreie eines Vogels.

Als die Sonne unterging, trieb ein kühler Wind den Rauch von Bartholomäus' Feuer in Stephans Richtung. Jetzt bewegte er sich zum ersten Mal und warf sein Haar mit einer Bewegung zurück, die er von seinem alten Beschützer gelernt hatte. Mit stolz erhobenem Kopf, die Augen zum dunkel werdenden Himmel erhoben, stieß er einen langen und mächtigen Schrei aus zum Lob des großen, goldenen Adlers.

Nachtrag

Der Festungskommandant war nie ein Freund von großen Worten gewesen – er empfing und erteilte nur ungern Befehle. Auch jetzt stand ihm der Sinn nicht nach viel Gerede. Seit Tagen hatte er Bewaffnete durchs Dorf die Runde machen lassen, damit sie die Spuren des Aufruhrs beseitigten. Da der Bergfried fast völlig ausgebrannt war, hatte er befohlen, dass die Abordnung der Bauern, sobald sie angekommen war, ins Wachhaus gebracht würde. Unruhig warteten sie darauf, was er ihnen zu sagen hätte.

«Ich habe nicht vor», begann er, «die Sache» – er machte eine hilflose Geste mit der behandschuhten Hand – «mit dem Vogel und dem Jungen breit zu bereden. Ich hörte, dass der Krüppel derselbe ist, der früher einmal als Ausgeburt des Teufels verurteilt worden ist. Das ist Vergangenheit. Was *wir* gesehen haben, ist ...», die strenge Stimme zögerte, «ist schwer zu erklären. Aber es ist geschehen, und mehr kann keiner von uns dazu sagen. Ich beabsichtige nicht, noch viele Worte darüber zu verlieren.» Er räusperte sich, nahm eine sehr aufrechte Haltung ein und sprach mit äußerster Strenge zu den Bauern:

«Was die Leute von Bletz getan haben, würde unter normalen Umständen für jeden im Dorf die Todesstrafe nach sich ziehen – und das kann auch noch geschehen. Aber ich weiß, welche Not ihr gelitten habt und welche Strafen euch auferlegt wurden – viele davon auf meine Anordnung. Es war immer meine Pflicht, die Befehle des Herrn von Bletz auszuführen. Jetzt ist der gnädige Herr tot und der Priester ebenso. Auch viele meiner Männer und viele eurer Verwandten sind tot. Keinem von ihnen ist ein christliches Begräbnis zuteil geworden, und wir müssen dafür beten, dass ihre Seelen nicht an diesem Ort umgehen.

Ich maße mir nicht an, die Herrschaft zu übernehmen, obwohl ich es mit Hilfe meiner Getreuen tun könnte. Aber es muss etwas geschehen – und es muss rasch geschehen. Macht euch nichts vor, das Verbrechen wird sich nicht lange verheimlichen lassen. Wie der Wind die Samen davonträgt, wird die Kunde davon sich bald über Bletz hinaus verbreitet haben. Und was dann? Neue Vergeltungsmaßnahmen? Noch mehr Tote?

Um das zu verhindern, habe ich beschlossen, ein Schreiben an die Schwester unseres früheren Herrn, die mit Prinz Broucek verheiratet ist, zu senden. Darin wird ihr mitgeteilt, dass die Todesfälle und die Schäden durch eine Feuersbrunst verursacht wurden. Sie soll außerdem ersucht werden, ihren Herrn zu bitten, die Ländereien, das Eigentum und die Bauern, die Graf Boleslav gehören, in Besitz zu nehmen. Ich werde meinen Leuten strenge Weisung erteilen, die wahre Ursache des Brandes für sich zu behalten. Und ich rate euch, den euren das Gleiche zu sagen. Seid ihr einverstanden?»

«Wir sind einverstanden», sagten die Bauern wie aus einem Munde.

«Müller!», fuhr der Festungskommandant ohne Unterbrechung fort und sah Petr mit ernstem Blick an. «Ihr wisst so gut wie ich, dass ihr nach Bletz zurückgekehrt seid, obwohl für euch die Todesstrafe darauf steht. Ich habe gründlich darüber nachgedacht und beschlossen, Gnade vor Recht ergehen zu lassen. Ich nehme es auf mich, das Urteil der Verbannung aufzuheben und befehle euch stattdessen, wieder Dorfvorsteher zu sein.»

«Ich bin ein alter Mann …», wollte Petr widersprechen.

«Ich sage, ihr werdet wieder Dorfvorsteher», bellte der Bewaffnete ungeduldig. «Habt ihr mich verstanden?»

Da er keine andere Wahl hatte, nickte Petr ernst.

«Geht jetzt. Und sorgt dafür, dass alles in Ordnung ist, wenn euer neuer Herr oder sein Stellvertreter eintrifft.»

Die Bauern nickten unterwürfig und begannen nacheinander hinauszugehen.

«Fortbestehen», dachte Petr. «Vielleicht erleben wir doch noch ein Fortbestehen.»

Aber war das genug? War es genug, dass ihr Leben wieder so weiterging wie vorher? Sollten sie vergessen, was geschehen war, und billigen, dass der Tod so vieler nichts anderes bewirkt hatte, als dass der alte Tyrann durch einen neuen ersetzt wurde? Sollten sie nicht etwas mehr als das erstreben?

Er blieb einen Augenblick am Tor stehen und wandte sich dann zu dem Befehlshaber um.

«Was für ein Mann ist Fürst Broucek?», wagte er zu fragen.

«Er ist ein hoher Herr», war die knappe Antwort.

«Aber ist er gerecht?»

«*Gerecht?*» Der Befehlshaber schmunzelte viel sagend, sodass Petr etwas von dem Menschen hinter dem eindrucksvollen Harnisch ahnen konnte. «Das müssen wir abwarten.»

Petr nickte und trat in das kühle Sonnenlicht des Hofs hinaus. Die rauchgeschwärzten Mauern des Hauptturms auf der anderen Seite weckten in ihm plötzlich den Wunsch, er möge so stehen bleiben – als Mahnmal. Dann wanderte sein Blick unwillkürlich zum Himmel. Die Wolken flogen hoch und schnell über das Blau dahin. Doch vor dieses Bild schob sich in seinem Geist ein anderes, das klarer war als der Himmel selbst und von dem er wusste, dass es ihn bis ans Ende seines Lebens begleiten würde – ein Junge und ein Adler, die miteinander am Himmel schwebten.

«War es ein Wunder?», fragte er sich.

Er schüttelte den Kopf und eilte davon, im frohen Gefühl der Freiheit, unter Freunden leben zu können, und bereit, mit ihnen die Kämpfe durchzustehen, die die Zukunft ihnen bringen mochte.

Rodney Bennett

Gefährliche Gewässer

Aus dem Englischen von Astrid von dem Borne
280 Seiten, gebunden mit Schutzumschlag

Die burschikose Beth (Straßendiebin) lässt sich als Küchenjunge auf einer Schaluppe anheuern. Das grandiose Abenteuer entpuppt sich zunehmend als Albtraum, als sie merkt, dass sie auf einem Piratenschiff untergekommen ist. Allerdings schrecken nicht nur Piraten nicht davor zurück, auf unrechtmäßige Weise zu Reichtum zu kommen, auch in den besseren Kreisen Bristols scheut man keine Mittel.

«Wer nicht der Seekrankheit erliegen will, sollte Rodney Bennetts Roman besser in der Horizontalen lesen. Ein als Junge verkleidetes Mädchen, das unter Piraten gerät, hält Leser wie Leserinnen bis zur letzten Seite in Atem.»

Bulletin Jugend und Literatur

«Ein klassischer Abenteuerroman»

Bücherbär

Verlag Freies Geistesleben

Rodney Bennett

Die Kreuze im Nebel

Aus dem Englischen von Susanne Lenz
Mit Illustrationen von Victor Ambrus
228 Seiten, gebunden mit Schutzumschlag

«Bei einem Ausflug ins Dartmoor geraten Tom und William in dichten Nebel und verirren sich. Orientierungshilfe bieten ihnen schließlich uralte Steinkreuze, die sie später seltsamerweise nicht mehr finden. Ja, bei ihren Nachforschungen verhalten sich einige Erwachsene so überaus seltsam, dass die Neugier der beiden noch wächst …
Rodney Bennetts Roman ist nicht nur Lesefutter vom Feinsten – unheimlich, phantastisch und eingebettet in eine Landschaft, wie sie aufregend-behaglicher nicht sein kann –, sondern gibt auch einen zwanglosen Exkurs in die englische Geschichte und stellt mit den beiden jugendlichen Helden zwei sehr unterschiedliche Denkrichtungen einander gegenüber.»

Frankfurter Allgemeine Zeitung

«An keinem anderen Ort könnte man sich diese Handlung so vorstellen wie in England.»

Der Elternbrief